Billie

Brigitte Smadja

Billie

Médium poche
11, rue de Sèvres, Paris 6e

Composition : Sereg, Paris (Bembo 13/18)
Loi numéro 49.956 du 16 juillet 1949 sur les publications destinées à la jeunesse : mars 1991
Dépôt légal : mai 1992
Imprimé en France par la Société Nouvelle Firmin-Didot, au Mesnil-sur-l'Estrée (20806)

Pour Pascal

1

Dans la chambre, il fait tout noir.

Le store métallique a été soigneusement baissé et on a fermé les doubles rideaux.

Théo dort. Son grand corps maigre semble trop petit pour le lit et son visage est caché par ses cheveux longs. Il serre son oreiller contre lui.

C'est le bruit de la pluie qui l'a réveillé. Il a écouté un moment le bruit doux et régulier, là-bas, derrière la fenêtre. Le mercredi, il n'a pas cours. Il peut rester dans sa chambre toute la journée, s'il le veut, allongé sur son lit.

Tout à l'heure, il ouvrira les doubles rideaux, l'obscurité sera moins grande, et il pourra observer les deux lézardes de son plafond. Lézardes. Drôle de mot. Féminin de lézard. Il voit une lumière blanche, un mur rouge et un lézard vert courir entre les pierres. Si je l'attrape, la queue restera dans mes mains. Il ne faut pas.

Jacqueline est entrée dans la chambre sans faire de bruit. Elle distingue à peine la silhouette de son fils mais elle comprend à sa respiration qu'il dort encore.

Sur le bureau, il y a un fouillis de livres ouverts, de classeurs, de journaux dont certains articles sont découpés. Sur une copie, elle déchiffre l'écriture fine de Théo. Il s'agit d'un contrôle d'histoire sur la Révolution française. Le professeur a écrit au feutre rouge : « 18/20. Remarquable. » Elle sourit tout en replaçant la feuille exactement là où elle l'a trouvée.

Elle s'assoit sur une chaise près du lit de Théo et le regarde dormir. Quand il était petit, elle se déplaçait même la nuit, seulement pour le plaisir de le voir. Elle profite de cet instant devenu si rare. Depuis quelques mois, Théo dort très peu. Elle ramasse la couverture et avec des gestes qu'elle veut les plus discrets possible, elle couvre Théo, puis elle attend.

– Théo ! Théo ! Tu dors encore ?

Il voit le visage de sa mère tout contre le sien. Il sursaute. Il lui en veut de l'avoir surpris dans son sommeil.

– J'étais réveillé.

– Mais non. Ça fait un bon quart d'heure que je te regarde dormir. Tu dois en avoir besoin.

Elle a failli ajouter quelque chose mais elle se tait.

– Il fait noir dans cette chambre ! Cette manie que tu as ! On ne voit même pas qu'il fait jour.

Jacqueline a tiré les rideaux et levé le store. Elle reste un instant immobile à regarder le ciel.

– Dire qu'on est au mois d'avril ! On ne sait même pas quand ça finit ici l'hiver.

Est-ce parce qu'il est encore allongé dans son lit ? Théo remarque que sa mère est très petite. Elle n'arrive pas à la hauteur de la deuxième planche de la bibliothèque murale placée juste au-dessus de son bureau. Pendant des années, cette planche lui a servi de repère. « Quand j'arriverai là... »

Maintenant, il dépasse la troisième planche, il lui est arrivé quelque chose d'extraordinaire mais le jour n'a pas les couleurs qu'il imaginait. Heureusement, il a les nuits. Il peut retrouver Billie. Seulement les nuits.

– Tu veux boire un café, Théo ?

Jacqueline boit du café à n'importe quelle heure de la journée. Il lui arrive aussi d'en boire le soir avant de se coucher. Théo lui a fait observer qu'elle ne devrait pas en boire tant à cause de ses insomnies. Mais Jacqueline a haussé les épaules et en le regardant avec insistance, elle a dit :

– Ce n'est pas le café qui m'empêche de dormir.

Elle lui a servi une tasse de café noir et elle a bu le sien d'un trait. Ils sont tous les deux dans la cuisine où déjà tout est en ordre.

– Papa va rentrer déjeuner aujourd'hui, tu seras là ?

– Non.

Pourquoi lui pose-t-elle la question quand elle connaît la réponse ? Il regarde sa mère qui s'affaire déjà, installe des légumes sur un coin de table pour les éplucher.

– Tu vas aller voir un ami ?

– Je ne sais pas. Quel ami ?

– Mathieu par exemple.

– Non.

– À ton âge, on a plein d'amis.

Il sait que sa mère fait semblant de ne rien

savoir. Ça fait longtemps qu'il n'a plus d'amis, qu'il ne voit plus Mathieu. Surtout pas Mathieu. C'est trop tard. Et puis il a horreur de ces phrases: «À ton âge, on a plein d'amis.» Pourquoi à seize ans plutôt qu'à trente ou à quarante? Est-ce si simple d'avoir un ami?

Il fait froid dans la cuisine et le café ne l'a pas réchauffé.

– Je vais descendre lire le journal.

– Mais tu ne peux pas, Théo, il pleut! Tu vas attraper froid!

– Ne t'inquiète pas, maman.

Il s'est habillé et il est sorti. Devant l'ascenseur, il a pensé à sa mère et à la panique qu'il a lue dans ses yeux. Il revient sur ses pas. Elle est encore dans la cuisine et elle pleure.

– C'est à cause des oignons.

Avec son peignoir à fleurs et ses chaussons, elle a l'air d'une petite fille. Il l'embrasse.

Théo se demande pourquoi cette cité de Montigny-lès-Cormeilles s'appelle la cité des Bleuets. Il y a bien du gazon, des géraniums qui forment des taches rouges, irrégulières, sur les murs des tours. Mais des bleuets, il n'y en a pas, il n'y en a jamais eu ici. Il n'en a vu qu'une seule fois : dans un de ses livres d'enfants, un abécédaire.

C'est un truc des architectes pour vendre leurs inventions, un joli nom à mettre sur les enveloppes. Cité des Bleuets, c'est juste pour les facteurs.

Il s'est acheté un journal et s'est installé sur un banc. L'espace aménagé pour les enfants est presque désert. Des femmes le traversent parfois, traînant un Caddie d'une main, un enfant de l'autre.

Il est décidé à lire son journal tranquillement, comme si la pluie n'existait pas. Pourquoi faudrait-il s'abriter quand il pleut ? Il ne fait pas froid.

Il se souvient d'un été en Bretagne, tout près de Concarneau. Ils avaient loué une petite maison à quelques mètres de la plage. Un matin, le ciel s'était brusquement obscurci et il s'était mis à pleuvoir. Des parents affolés couraient vers la mer récupérer leurs enfants comme si une menace terrible pesait sur eux. Théo s'était caché derrière un rocher. C'était une joie inouïe d'être dans l'eau et de sentir la pluie ruisseler sur son visage. Sa mère l'avait cherché longtemps et il avait fini par répondre à ses appels.

Il s'obstine à lire. Deux fois déjà, il a dû égoutter le journal. Les caractères peu à peu se brouillent puis le papier devient mou, matière collante sous ses doigts.

Une femme passe près de lui et le regarde. Elle a l'air fâchée. Elle se retourne encore et fronce les sourcils comme si Théo venait de bouleverser son univers.

Il se lève, quitte la cité et se dirige vers le centre commercial construit au bord de la nationale.

Sur le banc, il a laissé le journal ouvert, à la rubrique des faits divers.

2

Théo connaît le centre commercial par cœur. Il a même écrit en quatrième un devoir en réponse à un sujet donné sans doute par un professeur pressé et peu inspiré: « Racontez un de vos mercredis. » Il l'avait intitulé: « Mes mercredis sous un ciel de béton. » Il y était question de déambulations d'un rayon à l'autre, d'inventaires interminables de denrées de toutes sortes, de musique soporifique, de filatures de clients. Il avait écrit ce devoir quelque temps après ce dimanche de novembre, ce dimanche où il avait décidé qu'il ne parlerait plus à Mathieu.

Il avait obtenu une bonne note accompagnée du commentaire suivant: « Devoir très original mais vous avez de bien curieuses activités. Vous devriez songer à faire du sport, cela vous ferait du bien. » Il avait souri et refusé que son devoir soit lu à haute voix.

Il entre dans le centre commercial avec une idée précise, une de ses expériences, comme il dit. « Si un homme fait environ cinq kilomètres en une heure, si je marche sans m'arrêter pendant trois heures, je pourrai dire que j'ai fait une balade de quinze kilomètres. »

Il a déjà parcouru quatre allées dans un sens puis dans l'autre sans se laisser distraire par les objets. Il marche d'un pas régulier en laissant vagabonder sa pensée. C'est une expérience qu'il n'a encore jamais tentée : marcher pendant trois heures dans le centre.

Soudain, il s'arrête. Il s'était promis de ne pas s'arrêter mais c'est trop tard. L'expérience est ratée à cause d'eux. Au bout d'une allée, cernée par des peluches en tout genre, Jeanne et Mathieu s'embrassent. Il ne faut pas qu'ils le voient. Surtout pas... Il ne faut pas qu'il se laisse envahir par cette émotion qui lui tord le ventre. Ne pas regarder. Ou plutôt si, regarder, regarder de toutes ses forces et se dire que ça n'a pas d'importance.

Il est là, l'ami dont sa mère lui a parlé, celui qu'il aurait dû naturellement retrouver aujourd'hui, l'ami parfait, exemplaire. Il est là, en compagnie de Jeanne. Ainsi, il a fini par l'avoir ! C'était donc si facile ? Il la poursuit depuis le début de l'année mais elle n'avait pas l'air d'y prêter attention et elle semblait mépriser ces manœuvres ridicules. Pourtant ils sont là tous les deux et ils s'embrassent.

Toute la classe avait parié comme pour un match. Tous, sauf Théo qui n'avait pas voulu participer à ce jeu sordide. Mais il avait parié lui aussi, en silence. «Jamais Mathieu n'aura Jeanne. Impossible. Pas elle. Elle ne voudra jamais. Il ne pourra pas la salir.»

Ils s'embrassent et ils rient devant tout le monde. On les regarde et ils s'en moquent. Peut-être même que c'est ça qui les amuse tellement : tous ces regards fixés sur eux.

Des images défilent qui lui rappellent son amour de petit garçon, son amour muet.

Soudain Jeanne a un rire qui lui fait peur. Il voudrait courir vers eux et leur dire d'arrêter. Il a envie de les frapper. Jeanne ne rit plus. Ils s'éloignent main dans la main.

Voilà ce qu'il faut faire pour séduire une fille :

l'amener au centre commercial, l'embrasser en public et la faire éclater de rire.

Il se sent moite, ses vêtements mouillés le gênent. Il passe une main sur son front et rejette ses longs cheveux en arrière. Vite. Une autre expérience. Trouver quelque chose pour chasser Jeanne et Mathieu. Une expérience facile, repérer quelqu'un et le suivre le plus longtemps et le plus loin possible.

Une femme lui tourne le dos. Celle-là même qui l'avait vu quand il lisait sur son banc. Machinalement, il enregistre certains détails : imperméable beige, bottines usées, cheveux teints, alliance. Mère de famille ? Non. Dans le Caddie, il n'y a que des produits de beauté. Elle prend son temps pour les choisir. Elle lit les notices, fait la moue, échange un produit contre un autre. Elle rêve qu'elle pourra devenir belle. Elle ne pourra pas. Elle est trop triste.

Soudain la femme se retourne. Elle l'a reconnu. Elle doit le prendre pour un fou et lui prêter des intentions qu'il n'a jamais eues. Il baisse les yeux.

D'habitude, il arrive à se rendre invisible. Il s'est beaucoup exercé. Les mercredis et les dimanches sont si vides qu'il s'est inventé des occupations qui ne concernent que lui. Mais aujourd'hui, il n'y a rien à faire. Les expériences échouent une à une : la lecture du journal sous la pluie, la promenade sportive dans le centre, la filature. Autant sortir et aller... mais où ?

Où peut-on aller quand on a seize ans, qu'il pleut et qu'on n'a pas un rond en poche ? Chez un ami, ou chez une « petite amie ». Il rit. Même Jeanne et Mathieu sont venus se planquer ici, se mettre à l'abri. Ils n'ont rien trouvé d'autre pour cacher leurs amours que ce centre commercial !

Il piétine le mot « jaloux » qui vient de traverser sa tête. Mais le mot revient : « Jaloux ». Et un autre encore : « Minable ».

Non. Ce n'est pas vrai. Mathieu et Jeanne ne savent pas. Comment a-t-il pu se laisser aller à la colère ? Est-ce qu'il n'a pas Billie ? Est-ce qu'elle ne vaut pas mille fois mieux que Jeanne ? N'a-t-il pas vécu avec Billie des moments infiniment plus beaux que ces baisers dans un centre commercial ?

Il aimerait rejoindre Billie mais il ne peut pas. Le jour, c'est trop dangereux. Il ne peut pas non plus s'éterniser ici, ça ne sert plus à rien. Autant retrouver sa chambre et s'y enfermer jusqu'à la tombée de la nuit.

Il se sent fatigué et il a faim. En se dirigeant vers la sortie, il passe par le rayon crémerie. Il a de quoi se payer un énorme morceau de gruyère. Ce sera suffisant.

Non. Il n'achètera rien et il se passera quelque chose de vraiment intéressant ce mercredi. Quelqu'un est là, et cette rencontre efface Jeanne et Mathieu, représente à elle seule une expérience inespérée.

C'est Mme Daume, le professeur d'histoire. Théo l'a tout de suite reconnue à sa longue natte blonde, son jean et ses baskets. Qu'est-ce qu'elle fait ici à Montigny-les-Cormeilles alors qu'elle habite Paris et qu'elle n'a pas cours le mercredi ? Des courses. Elle fait ses courses. Logique. Courses, féminin de cours.

Tous les élèves s'accordent à dire qu'elle est sympa. Théo déteste ce mot qui lui évoque toujours un sourire niais que Mme Daume n'a jamais eu. Elle est d'abord un prof : quelqu'un qui sait, qui juge, qui met des notes. Pourtant, depuis qu'elle est arrivée au lycée, c'est l'enthousiasme.

Mathieu surtout l'adore. Lui qui aurait pu affirmer sans complexe que Louis XIV avait régné au Moyen Age, il lève sans cesse la main, fait des devoirs supplémentaires, réclame des exposés, boit religieusement chaque parole qu'elle prononce. Mathieu est devenu l'élève modèle. Grâce à un prof d'histoire « sympa ».

Mme Daume remplit un Caddie. Elle choisit avec soin des yaourts, en regardant attentivement les prix. Elle a un regard sérieux, exactement celui qu'elle aurait si un élève lui posait une question difficile. Si Mathieu pouvait la voir, son idole ! Elle n'est plus sur son estrade en train de parler avec passion de Robespierre et de la nécessité historique de la Terreur : elle remplit son Caddie de yaourts. D'un seul coup, elle est devenue une femme ordinaire.

Une mère de famille s'est installée près d'elle. Elle tire par la main un enfant qui pleurniche et refuse d'avancer. Il veut des petits-suisses à la cerise. Il n'y en a pas. Mais il s'obstine. Théo pense à son père qui a horreur des scènes, des cris, qui claque la porte aussitôt qu'un orage menace. Il s'imagine un instant à la place de l'enfant.

Qu'aurait fait son père ? Il n'aurait jamais cédé. Il l'aurait regardé comme il sait le faire. Pas un regard méchant, un regard qui aurait seulement signifié sa désapprobation, celui qu'il a certains soirs quand Théo ne peut éviter un bâillement.

Mme Daume est agenouillée devant l'enfant. Elle a posé son sac par terre. Elle a un sourire très doux que Théo ne lui connaît pas. Un sourire «sympa». Puis elle parle à la mère et lui désigne un rayon, un peu plus loin. Elle les entraîne en tenant la main du petit garçon dans la sienne.

Le sac est resté là.

Fais mine de rien. Vas-y. Prends-le. Vite. Tu sais le faire. Invisible. Juste une expérience.

Théo sort du centre commercial d'un pas lent, un sac en bandoulière. Dehors, il pleut toujours.

3

C'est dimanche. Théo est assis à table avec ses parents et il résiste à la tentation de disparaître au plus vite dans sa chambre.

Ce qu'il ne supporte pas surtout, c'est le bruit de la télévision qui marche du matin jusqu'au soir, même si personne ne la regarde. Mais si elle s'arrêtait, il sait qu'il n'y aurait rien sinon le silence, la torpeur du dimanche.

Ils ont échangé quelques commentaires sur la pluie qui ne cesse pas depuis mercredi et sa mère a évoqué encore la Provence, son pays natal et celui de son père, un pays que Théo ne connaît pas et dont son père refuse de parler. Il sait seulement qu'il y a encore là-bas deux grands-mères, des oncles, des tantes et probablement des cousins. Il ne les a jamais vus.

Il regarde son père assis dans son fauteuil. Les deux derniers boutons de sa chemise ne ferment plus. Les yeux mi-clos, il semble somnoler devant l'écran. Il a l'air vieux. Il a l'air triste aussi. À quoi peut-il penser? À son métier peut-être. «Profession du père: boucher.» Parfois, il avait triché et écrit: boulanger, menuisier, maçon. Chacun de ces métiers évoquait une odeur qu'il aimait. Mon père fait du pain, construit des meubles, des maisons. Non: mon père découpe de la viande.

À huit ans, un garçon qu'il détestait, Paul, l'avait traité de fils de boucher. Il avait pris son temps puis il s'était élancé et son poing avait atteint l'estomac d'un seul coup. L'autre était à terre, suffoquant. Personne n'avait le droit de se moquer.

Mais Théo ne comprenait pas. Pourquoi son père n'avait-il pas gagné sa vie d'une autre manière? Il lui avait posé la question. Il avait répondu: «Je n'ai pas choisi. Il fallait vivre. Étudie et tu pourras choisir.» C'était tout.

Son père s'était résigné. Voilà l'explication. Et il était là maintenant en train de regarder la télévision, avec ce regard vide. Autrefois pourtant, il a été jeune et beau. Théo n'en a pas le souvenir et il n'y a plus aucune photo de ce temps-là. Elles ont toutes brûlé dans l'incendie de leur première maison, à Cormeilles.

«Un bel homme, ton père. Fallait voir toutes les filles qu'il avait, Jean! Elles étaient toutes folles de lui. J'ai eu de la chance qu'il m'ait choisie.» C'est ce que sa mère a dit plusieurs fois.

Théo cherche à reconstituer l'image de ce jeune homme aux yeux bleus qui, dans une fête de village, a entraîné sa mère dans un tango et a prononcé des paroles d'amour.

Il n'y arrive pas.

– Papa!

– ...

– Papa!

– Oui, Théo. Qu'est-ce qu'il y a?

Théo est surpris par la question. Il met un moment avant de répondre.

– Pourquoi tu ne fais plus de maquettes de voiture? Tu te souviens du temps que tu passais sur tes maquettes?

– Je suis trop fatigué maintenant. C'est toi qui devrais en faire. Tu aurais pu apprendre si tu avais voulu. Mais tu préfères vadrouiller ou rester dans ta chambre à fixer le plafond.

Il ne dira rien d'autre. Théo le sait. Son père ne s'intéresse pas à lui. Comment pourrait-il comprendre les expériences, Jeanne, Mathieu, Billie, le sac de Mme Daume qu'il a caché dans sa chambre et qu'il n'a pas osé ouvrir ? Peut-être qu'il arrive un moment où on ne pense plus à rien, où la vie n'a plus aucun sens et où toutes les pensées de la jeunesse font sourire, disparaissent? Théo ne veut rien oublier. Il s'acharnera à ne pas mourir.

Il regarde sa mère assise sur sa petite chaise à côté du fauteuil. Elle fait une grimace. Son visage mime la peur. Un meurtre est en train de s'accomplir sous ses yeux. Elle a porté la main à sa bouche et elle retient un cri. Puis à nouveau, elle se tient toute droite et soupire, soulagée, sans avoir quitté l'écran des yeux.

Le dimanche, elle ne s'«habille» pas. Elle porte un jogging mauve. Jamais elle n'oserait sortir ainsi dans la rue. Mais ici, comme elle dit, ça n'a pas d'importance puisque personne ne la voit. Elle n'est pas maquillée non plus, ni «coiffée». Mais elle n'a besoin d'aucun produit de beauté. Elle est restée jolie et très mince. Théo l'a toujours vue ainsi, avec ce même regard très doux qui semble effleurer le monde. Elle vit dans son univers à elle. Elle aime l'ordre : la place du sel dans le buffet, sur la première étagère à droite, celle des torchons dans le deuxième tiroir, celle du tire-bouchon à côté du presse-ail. C'est l'une des premières choses qu'elle a apprises à Théo : ranger. Elle a aussi « sa » chaise, « sa » bouillotte, « sa » cafetière qu'elle a rapportée de Provence et qu'elle tient de sa grand-mère. Elle seule a le droit de s'en servir.

Théo est « son » fils, fils unique et précieux, mais Théo sait qu'elle ne le connaît pas.

Théo a quitté le salon et s'est réfugié dans sa chambre, qui communique avec la grande pièce. La porte est fermée mais il entend le bruit de la télévision. Pour l'étouffer, il choisit une cassette : John Coltrane. C'est le père de Mathieu qui lui a fait découvrir le jazz, à l'époque où il allait voir Mathieu régulièrement, où il le considérait comme son frère, avant ce dimanche de novembre où il avait eu la certitude que plus rien entre eux n'était possible.

Chez Mathieu, il n'y avait rien d'extraordinaire. L'appartement n'était pas grand et Mathieu préférait la tour de Théo à son petit immeuble. Il n'y avait pas de géraniums aux fenêtres mais des plantes plus rares envahissaient le salon et le transformaient en jungle.

«Ma mère a la main verte», disait Mathieu. «Tu finiras par nous asphyxier avec ta serre», disait son père en riant. Il y avait aussi des livres, beaucoup de livres, qui impressionnaient Théo.

L'appartement retentissait sans cesse des sons d'un saxo, d'une trompette, d'un piano. Avant d'apprendre le nom de Camille Desmoulins ou celui de Le Clézio, il avait connu ceux de Charlie Parker, de Bill Evans, de Miles Davis, de Billie Holiday. Le père de Mathieu avait instauré un jeu. Il leur faisait écouter un morceau et il fallait deviner l'interprète, le plus rapidement possible. Théo gagnait toujours. Le père de Mathieu lui tapotait l'épaule.

Maintenant, il passe ses dimanches tout seul.

Cela fait trois ans qu'il n'adresse plus la parole à Mathieu : depuis qu'il sait que Mathieu, sans l'en avertir, a détruit leur enfance. D'ailleurs, il ne parle plus à personne. Ce n'est pas par défini par haine. Il n'a tout simplement plus rien à dire. Et surtout depuis un an qu'il y a ce secret entre Billie et lui. Personne ne doit jamais rien savoir. Cela risquerait de déclencher un drame, de déshonorer ses parents, de provoquer une souffrance qu'ils ne méritent pas. Ce soir, il ira voir Billie dans leur repaire... Si la pluie s'acharne, il écoutera de la musique et il écrira.

Il soulève son matelas. Il voit le sac de Mme Daume. Il ne l'a toujours pas ouvert. Ce soir peut-être. Pourquoi l'a-t-il pris ? Il s'est laissé entraîner par l'expérience. C'est seulement pour tenter une expérience qu'il l'a pris.

À côté du sac, il y a un cahier de brouillon ordinaire. Sur la première page, on peut lire : « Lettres à Billie ».

Il feuillette le cahier.

« Disparaître avec toi, dans la nuit, foncer à toute allure sur l'autoroute fluorescente. Toi, tu es toujours d'accord, tu me réponds au quart de tour. Tu ne m'obliges pas à t'expliquer mes silences. »

Sur une autre page, il a écrit d'une écriture si fine qu'il a du mal à se relire.

« À force de vivre mes nuits auprès de toi, de m'enivrer des paysages qui défilent, de me laisser envahir enfin par ce sentiment d'être vivant, il m'arrive de ne plus supporter la voix des autres, leurs mots qui s'alignent mécaniquement pour former des phrases, phrases déjà entendues, apprises par cœur, creuses jusqu'à me donner le vertige, la nausée. J'aime notre secret, Billie. Jamais personne ne pourra nous abîmer. Quand un secret pèse trop lourd, celui qui le détient non seulement ne peut le dire, mais toutes les autres paroles qu'il prononce, paroles ordinaires, lui paraissent peu à peu inutiles, comme si elles ne résonnaient plus. »

Il a écrit aussi, il y a un peu plus d'un mois, un texte qui commence par : « Je les hais tous. Je les hais. Je les hais. »

Il le parcourt mais ne va pas jusqu'au bout. Tous les mots sonnent faux. Même les passages d'amour pour Billie – comment les appeler autrement ? – ne lui plaisent plus. Écrire à Billie, c'est si dérisoire.

Il est allongé sur son lit et il contemple la lézarde de son plafond. Dans une demi-heure, il révisera son contrôle de maths. La lézarde dessine une nouvelle forme : le profil d'une jeune fille aux cheveux longs, très longs. Il se détourne. Il enfouit la tête dans son oreiller.

4

Théo vient de rentrer. Il est trois heures du matin. Il n'a pas pu se promener longtemps avec Billie. Il faisait très humide et cela devenait dangereux. Billie ne supporte pas la pluie. C'est mauvais pour elle. Il risquerait de la perdre. Quand ils s'enfuiront tous les deux, il n'y aura plus rien à craindre.

Tout en retirant ses vêtements le plus silencieusement possible, il pense à Nairobi, aux photos qu'il a vues. De grands espaces, des animaux et des Noirs au regard tranquille. Là-bas, les dimanches n'existent pas.

Il sursaute. Il entend un pas dans le couloir qui sépare la chambre de ses parents du salon. Quelqu'un est réveillé et marche vers sa chambre. La porte du couloir s'ouvre. C'est sa mère qui doit vérifier la lumière sous la porte, s'assurer qu'il est bien rentré. Va-t-elle venir le voir ? Le bruit des pas continue. Elle est dans le salon. Qu'est-ce qu'il lui dira ? Cela fait plus d'un an maintenant qu'il s'absente certaines nuits. Sa mère le sait mais ne dit rien. Elle le regarde parfois d'un air soucieux ou elle insiste sur le fait que ce n'est pas le café qui l'empêche de dormir. A-t-elle parlé à son père ? Non, sûrement pas. Elle n'a rien dit parce qu'elle a peur de sa colère.

Théo attend. Cette fois, peut-être qu'elle va entrer dans sa chambre et lui demander une explication. Il ne pourra pas la fournir. Il sera obligé de mentir. Il est allé trop loin maintenant, il ne peut plus dire la vérité. À personne.

Les pas s'éloignent, de plus en plus légers. Sa mère est retournée dans sa chambre. Demain, il faudra qu'il réussisse son contrôle de maths, qu'il ait la meilleure note. Ce contrôle comptera pour le troisième trimestre et déterminera les passages en première S. Il doit le réussir. Ses parents seront contents. C'est tout ce qu'ils demandent : qu'il soit bon élève. Sa vie en dehors du lycée ne les concerne pas. Elle leur ferait peur.

Il ne se décide pas encore à s'endormir. Cette fois, il est temps d'ouvrir le sac de Mme Daume.

C'est un sac noir en faux cuir. Pas d'argent. Pas de clés. Une carte grise mais pas de permis de conduire. Sur la carte d'identité, il y a une photo noir et blanc. Elle a été faite il y a neuf ans. Il apprend que Mme Daume a trente-trois ans. Il la croyait un peu plus âgée. Elle le regarde. Elle n'a que vingt-quatre ans sur la photo et elle est méconnaissable. À cause des yeux sans doute, qui paraissent noirs – alors qu'elle les a bleus – et qui ont une fixité étrange.

Il découvre encore un chéquier vert, des photos d'enfants trop vieux pour être les siens. Le courrier n'est pas intéressant : une quittance d'EDF et une quittance de loyer. Elle habite 5, rue Michel-Lecomte, dans le 3e arrondissement. Il regarde en souriant un paquet de chewing-gums à la fraise. Elle leur interdit formellement d'en manger en classe.

Les découvertes les plus intéressantes sont une cassette sans indication qu'il écoutera plus tard et un livre : *la Métamorphose* de Kafka.

Il faudra trouver un moyen de lui rendre son sac. Elle ne saura jamais que c'est lui qui l'a pris.

Il regarde une dernière fois la photo sur la carte

d'identité. Elle n'est pas plus sympa ni plus bête qu'une autre, Mme Daume. Elle a une famille, un métier, de longues nuits de sommeil et un regard de vaincue. Elle a peut-être lutté autrefois pour y échapper mais elle a perdu très vite. Elle n'a pas pu faire autrement. Elle est passée de l'école au collège puis du collège au lycée et à l'université et ça ne lui a pas suffi. Elle n'a rien trouvé de mieux à faire que de reprendre du service. Elle s'accroche désespérément à la jeunesse de ses élèves parce que sa jeunesse est loin derrière elle. Elle s'acharne. Elle veut absolument transmettre sa passion. Non. Ce n'est pas le mot qu'elle emploierait. Elle veut les «éveiller». Mais à quoi donc? Théo comprend soudain que Mme Daume ne sait pas que tous les yeux qui la regardent sont déjà vides, qu'elle ne pourra pas les sauver, qu'ils deviendront tous, comme elle, des somnambules sympathiques.

Il ouvre le livre de Kafka et lit: «*Un matin, au sortir d'un rêve agité, Grégoire Samsa s'éveilla, transformé dans son lit en une véritable vermine.*»

Il se souvient d'un dimanche d'hiver à Paris. Il avait tenté une nouvelle expérience: voyager dans le métro. Monter dans un wagon, laisser les stations défiler, descendre aussitôt qu'un nom lui plaisait. Mouton-Duvernet, Émile-Zola, Ternes, Quai de la Rapée, Alésia, Filles-du-Calvaire, Porte des Lilas, Blanche, Plaisance.

Il observait les gens qui l'entouraient. Ils fuyaient son regard. Ils étaient assis ou debout, les uns à côté des autres, parfois serrés à s'étouffer. Il avait essayé d'imaginer leur vie : un métier, des enfants et des kilos de rêves pour plus tard, quand ils seraient à la retraite, quand... Mais toutes les vies se ressemblaient. Ils avaient tous le même regard, le même dos voûté, l'air terriblement seuls. Résignés. Comme des bêtes qu'on amènerait à l'abattoir. Et encore, il n'est pas sûr que les bêtes ne se doutent de rien, qu'elles se laissent abattre sans panique. Son père doit le savoir.

Au bout de plusieurs heures passées d'un wagon à un autre, il avait vu le reflet de son visage. C'était un visage identique à ceux qu'il avait observés. La panique l'avait saisi et il avait couru chercher refuge hors du métro. Il neigeait mais sur le sol, la neige était déjà grise.

Il ne lit plus. Grégoire Samsa s'est transformé en une véritable vermine. Quand commence la métamorphose ? Très tôt, sûrement. Jeanne et Mathieu n'ont-ils pas déjà des têtes de plans d'épargne logement et de vacances au mois d'août ?

Il a éteint la lumière. Il pense à Franz Kafka qui a voulu échapper à cette tête-là. L'obscurité est totale mais il voit sur ses murs des visages déformés, des corps rampant comme des cloportes. Ils sont nombreux, très nombreux. Quelle est la probabilité d'échapper à la métamorphose ? Statistiques... Le contrôle. Dormir. Réussir le contrôle. Absolument.

5

Le lundi, Théo finit ses cours à dix-sept heures trente. À dix-huit heures, il sera sûrement rentré.

Dans le salon, Jacqueline repasse. Elle s'interrompt de temps en temps pour vérifier la cuisson du petit salé aux lentilles qu'ils mangeront ce soir.

Elle a bu plusieurs cafés aujourd'hui, mais son corps est engourdi même si son esprit reste très éveillé et traversé par des pensées qui ne la quittent pas depuis la nuit.

Elle s'était réveillée brusquement. Assise sur son lit, elle avait écouté la respiration profonde de Jean qui dormait à côté d'elle. Plus elle l'écoutait, plus il lui était difficile de trouver le sommeil. Les pinces qui maintenaient ses crans lui faisaient mal et elle les avait retirées. Elle avait ouvert la fenêtre, s'était penchée un peu et avait regardé les HLM éclairées par les réverbères. Tout était mort. Elle n'aimait pas la nuit. Elle ne l'avait jamais aimée.

Jean avait murmuré dans son sommeil et elle avait sursauté. Elle sait depuis toujours que Jean a horreur d'être réveillé. Une fois même, il y avait eu un drame.

Théo venait de naître. La nuit, il pleurait. Jacqueline ne protestait pas : tous les petits pleurent la nuit. Lorsque Théo réclamait le sein, Jacqueline courait le prendre et Jean n'entendait rien. Elle ne voulait pas le déranger. Il travaillait toute la journée, il avait le droit de se reposer la nuit. Pendant huit mois, Théo s'était réveillé entre trois heures et quatre heures du matin. Cette régularité la faisait sourire. Elle trouvait merveilleux que son bébé sache l'heure à laquelle il devait la réveiller. Souvent, elle se levait, se penchait au-dessus du berceau de Théo et attendait qu'il s'agite. Elle le prenait contre elle avant même qu'il ne crie. C'était le seul enfant qu'ils auraient. Jean l'avait prévenue : il n'en voulait pas d'autres.

Elle prend une chemise de Jean et s'étonne qu'elle ne soit pas absolument blanche mais légèrement teintée de bleu. Elle ne la repasse pas mais la range dans le panier à linge sale.

Une nuit seulement, elle n'avait pas entendu Théo crier. Jean l'avait secouée et aussitôt Théo était dans ses bras. Mais Jean ne pouvait plus se rendormir et restait assis, immobile, les bras croisés sur la poitrine : il ne disait rien. Elle avait pleuré mais lui ne bougeait pas et finalement il s'était habillé et il était sorti.

Le matin, il lui avait fait part de sa décision : la nuit, Théo ne dormirait plus dans leur chambre mais dans le salon ; elle n'aurait plus le droit d'aller le chercher ; elle devrait le laisser crier et il s'habituerait.

Jean avait eu raison. Pendant huit nuits, elle avait entendu les hurlements de Théo, enfin, il avait cessé de pleurer. Seize ans plus tard, il lui arrive encore de se réveiller comme cette nuit. Elle sent que Théo n'est pas là. Elle sait que tant qu'il ne sera pas rentré, elle ne pourra pas trouver le sommeil.

Qu'est-ce qu'il fait, Théo, la nuit ? Pourquoi sort-il en cachette ? Où va-t-il ? Elle n'ose pas le lui demander. Elle n'a jamais imaginé qu'il puisse faire la moindre bêtise. Théo a toujours été si sage.

Elle pose sur la table du salon une nouvelle pile de linge et regarde la montre. Dans un quart d'heure, Théo sera rentré. Elle commencera à lui parler du bulletin. La lettre viendra plus tard. Il faut qu'elle lui parle avant l'arrivée de Jean. Jean ne comprendrait pas, imaginerait des choses terribles, exigerait des réponses, et Théo ne les donnerait pas. Ils ne se parlent pas beaucoup tous les deux.

Jean aurait bien voulu s'occuper davantage de Théo mais il n'avait pas le temps. Le dimanche, Théo avait le droit de le regarder faire ses maquettes de voiture. Jean aurait pu être ingénieur si ses parents avaient voulu, s'il n'avait pas rompu toutes relations avec eux, à cause d'elle.

Elle s'est brûlé légèrement la main. Elle court dans la cuisine, coupe une pomme de terre en deux et en recouvre la brûlure; la douleur s'apaise. Elle goûte les lentilles. Encore cinq minutes et ce sera prêt. Pourvu que Théo ne soit pas trop fatigué et ne s'endorme pas sans dîner! Cela arrive quelquefois.

Quand Jean faisait ses maquettes, Théo regardait sans rien dire. Jean lui expliquait ce qu'il faisait mais Théo était trop petit pour comprendre. Jean l'avait amené au cinéma, à une fête foraine et il l'avait gardé toute une journée quand elle avait dû brusquement partir dans le Midi pour la mort de son père. Théo a toujours été sage pour faire plaisir à Jean. Même les jouets qui faisaient du bruit, il ne s'en servait pas quand Jean était là.

Et maintenant? Est-il possible que Théo ait changé?

Elle avait pensé parler avec Bernadette, son amie d'enfance, mais elle avait renoncé à cette idée. Bernadette était tellement malheureuse depuis qu'elle avait quitté le pays et qu'elle s'était installée avec son mari et ses enfants tout près de Montigny. Elle serait trop contente d'apprendre que Théo donnait du souci à ses parents. Les fils de Bernadette travaillaient mal à l'école et l'un d'eux avait même été renvoyé deux fois. Théo avait toujours été un fils exemplaire et elle sentait bien que Bernadette était jalouse.

Jacqueline range soigneusement le linge dans les armoires. Elle sourit en pensant à son petit garçon assis à côté d'elle, tandis qu'elle lavait ou repassait. Il jouait avec des pinces à linge. Elle lui en avait acheté de toutes les couleurs et il les disposait en rangées, les assemblait, les déplaçait : soldats, chevaux, forteresses. Il était heureux avec des riens : des brindilles, des cailloux dans les squares ; des coquillages, des algues quand ils allaient l'été au bord de la mer. Théo avait parlé tard mais elle n'avait jamais été inquiète. Elle savait qu'il comprenait tout et bien des choses encore qu'aucun enfant de son âge ne comprenait. Elle lisait dans le regard de son fils.

Mais maintenant Théo est devenu grand et elle ne lit plus comme autrefois dans ses yeux. Pourtant ce sont toujours les mêmes : très bleus, très clairs, très doux.

Il est rentré tard cette nuit, à trois heures passées. Elle a failli aller le voir, lui demander d'où il venait. Mais à quoi bon ? Elle est certaine qu'il ne fait rien de mal. Il n'a pas de mauvaises fréquentations. Il n'y a pas si longtemps, il voyait beaucoup Mathieu. Elle aimait bien Mathieu, elle le connaissait depuis des années. Maintenant Théo ne voit plus personne. Il préfère aller lire le journal, tout seul, sous la pluie, et disparaître la nuit. C'est bizarre d'être si seul à seize ans. Il doit y avoir une raison. Théo est peut-être trop intelligent pour les jeunes de son âge. Et s'il était insomniaque ? « Insomniaque », c'est un mot qu'il lui a appris. Il connaît tant de mots qu'elle ne connaît pas.

Le repas est prêt. Elle se verse un café quand elle entend la clé dans la serrure.

6

Théo entre dans le salon et respire le parfum du linge que l'on vient de repasser. Il regarde sa mère, assise sur sa petite chaise, une tasse de café vide à la main. Elle ne s'avance pas vers lui, comme d'habitude, pour l'embrasser en prononçant la question rituelle: «Tu vas bien, mon Théo?»

Il comprend immédiatement que sa mère voudrait lui dire quelque chose mais qu'elle ne sait pas comment s'y prendre. Cela pourrait durer des heures. Elle s'obstinerait dans un silence buté et finirait par dire: «Alors, Théo, tu ne dis rien?»

Les cernes sous les yeux disent qu'elle a peu dormi, moins que lui, peut-être. Il l'embrasse sur le front.

– Qu'est-ce qu'elle a, ma petite maman? Elle est fâchée?

– Comment tu sais que je suis fâchée? Comment tu peux le savoir?

– Parce que tu fais le dos tout droit et les sourcils obliques.

Elle rit ; c'est seulement quand elle est seule avec lui qu'elle a ce sourire de petite fille prise en faute. Aussitôt, elle essaie de se composer un visage sérieux, autoritaire, mais Théo sait qu'elle n'y arrivera pas. Jean lui a assez souvent reproché d'être incapable d'autorité. Elle l'a toujours laissé faire ce qu'il voulait. Elle s'est contentée de lui dire son inquiétude à chaque fois qu'elle ne le comprenait plus.

Il ne doit pas la décevoir. Jamais. C'est pour elle qu'il a réussi son contrôle de maths ce matin, après avoir avalé six tasses de café noir pour se tenir éveillé. Il a seulement somnolé au cours d'anglais, peut-être même a-t-il dormi un moment les yeux ouverts. Il a acquis cette faculté précieuse de pouvoir dormir un quart d'heure pour effacer la fatigue des nuits blanches.

– Ce matin, j'ai reçu ton bulletin, Théo.

Elle a prononcé la phrase en articulant chaque mot, sur un ton tragique, comme si elle annonçait une catastrophe. Théo la regarde en souriant. Ce ton-là, il le connaît bien. C'est celui qu'elle emploierait pour dire aussi bien que l'évier est bouché ou que le coiffeur a oublié le rendez-vous qu'ils s'étaient fixé. Théo pourrait réciter son bulletin par cœur. Il ne peut pas être catastrophique. Dans toutes les matières, les notes dépassent largement la moyenne. Le conseil de classe a eu lieu avant le mercredi où il a pris le sac de Mme Daume. Personne ne peut savoir qu'il le détient toujours.

– Tes professeurs écrivent des mots que je ne comprends pas. Ils n'ont pas l'air contents.

Elle va chercher le bulletin et lit à haute voix.

– « Maths : Des notes brillantes à l'écrit, mais Théo est de plus en plus ta... ci... turne.

« Français : Un travail très sérieux, une intelligence originale mais les... les éclipses ? de Théo sont inquiétantes. » Je ne comprends pas ces mots. Éclipses. Taciturne. Pourquoi tes professeurs ont écrit des mots si compliqués ?

Théo prend une chaise et s'assoit à côté de sa mère. Il a l'impression, soudain, d'être plus âgé qu'elle. Autrefois, il rapportait des livres de l'école et il lui demandait de les lui raconter. Elle refusait d'abord en objectant qu'il savait très bien lire et qu'il n'avait pas besoin d'elle. C'était vrai, mais il aimait écouter les histoires comme si c'était elle qui les avait inventées pour lui. Aujourd'hui, c'est toujours elle qui lui demande des explications, lorsqu'elle ne comprend pas le sens des mots et qu'ils résonnent comme une menace. Aux réunions de parents d'élèves où elle s'est rendue, elle est toujours restée silencieuse, acquiesçant aux paroles sacrées des professeurs. Elle interroge Théo comme s'il faisait enfin partie d'un univers inaccessible pour elle.

– Ça veut dire que je travaille très bien mais que je ne parle pas en classe.

– Ah?

L'explication ne la satisfait pas. Elle lui a souvent raconté qu'à l'école elle se faisait punir pour bavardage. Il suffisait qu'elle fasse un signe à Bernadette, aussitôt la règle de la maîtresse s'abattait sur sa main. «La maîtresse ne m'aimait pas, c'est pour ça que je n'aimais pas l'école.»

– Il y a encore une phrase que je ne comprends pas, Théo.

– Laquelle?

– Celle que ton professeur d'histoire a écrite.

– Mme Daume ? Qu'est-ce qu'elle dit ?

Théo a esquissé le geste d'arracher le bulletin des mains de sa mère.

– « Des analyses très fines, mais si Théo est toujours présent, il est presque constamment absent. » Je comprends tous les mots mais ça ne veut rien dire. C'est grave ?

– Mais non, maman, je t'assure. Elle dit que je ne manque jamais les cours, que je travaille très bien…

– C'est vrai que tu travailles bien. J'ai vu que tu avais eu 18 au contrôle d'histoire.

– Tu as vu ce contrôle ? Où ? Quand ? Tu fouilles dans ma chambre ?

Théo s'est levé brusquement. Il n'a jamais pensé qu'elle puisse entrer dans sa chambre, regarder ses cahiers, ses affaires. C'est un pacte entre eux. Si elle a vu le contrôle qu'il avait laissé sur son bureau, elle a vu aussi sa collection de coupures de journaux, le cahier de lettres à Billie, et sous son matelas le sac de Mme Daume. Elle sait tout.

– Qu'est-ce que tu as, Théo ? Pourquoi tu me regardes comme ça ? Tu ne te sens pas bien ?

– Je croyais que tu n'entrais pas dans ma

chambre, tu m'avais promis. Tu ne sais pas tenir une promesse.

– Mais je... C'était juste l'autre jour, tu sais bien, mercredi, quand tu dormais encore à dix heures... La copie était sur ton bureau, je l'ai vue. Qu'est-ce qu'il y a, Théo ? Tu me caches quelque chose ?

– Non...

– Je sais bien que tu me caches quelque chose...

– Ce n'est rien de grave, maman, tu ne dois pas t'inquiéter.

– Il y a des choses que tu ne veux pas me dire...

– Toi aussi, il y a des choses que tu ne dis pas.

Elle s'est levée.

Elle est dans la cuisine. Théo entend le bruit de l'eau, de la cafetière et des tasses. Il la rejoint.

– Tu ne devrais pas boire autant de café, maman. Je te l'ai déjà dit. C'est mauvais pour l'estomac.

– Si on faisait le concours du plus grand buveur de café, c'est toi qui gagnerais. C'est sûr.

– Ça sent bon. Tu as préparé du petit salé aux lentilles ?

– Oui.

– Tant mieux, j'ai faim.

Elle est contente, elle sourit. Elle est toujours contente quand il a de l'appétit, inquiète quand il ne mange pas. Elle ne se rend pas compte que seize années ont passé.

– Pourquoi le professeur d'histoire dit que tu es absent ?

– Elle voudrait que je parle en classe. Moi, je n'ai pas envie de parler, je n'ai rien à dire.

– C'est parce que tu es timide. Ils ne vont quand même pas te renvoyer parce que tu es timide ? On a bien le droit de se taire.

– Oui. Tu as raison. Mais ça les inquiète.

– C'est parce qu'ils ne te connaissent pas.

– Exactement. Je passerai, maman, c'est sûr.

– Alors, pourquoi elle veut me voir, Mme Daume ?

Théo encaisse le coup. Il pose sa tasse sur la table. Il affronte le regard de sa mère.

– Mme Daume t'a écrit ?

– Oui. J'ai reçu sa lettre ce matin en même temps que le bulletin. Elle dit qu'elle veut me voir le plus tôt possible, que c'est très important, qu'elle est inquiète pour toi. Elle dit même qu'il vaut mieux que je ne te parle pas de sa lettre. Je n'ai pas aimé qu'elle me demande de te cacher quelque chose. Pourquoi je ne t'en parlerais pas ?

Théo doit répondre vite.

Mme Daume sait qu'il a volé son sac. Il n'y a aucun doute. Et pourtant, il ne l'a pas volé. Mais ils ne peuvent pas comprendre. Comment a-t-elle su ? Quelqu'un l'a vu et dénoncé. Elle savait tout et elle l'a laissé faire. Elle aussi, elle doit aimer les expériences. Il revoit Mathieu et Jeanne, leur baiser interminable. Il écarte la mèche qui lui barre le front.

– Ce n'est rien, maman. Mme Daume est nouvelle dans le lycée. Elle est inquiète parce que je ne parle pas pendant ses cours, que je ne participe pas, comme ils disent. Il faudrait que non seulement on les écoute pendant des heures, mais qu'en plus on les encourage.

– Ne te fâche pas, Théo.

– Je ne suis pas fâché.

– C'est bizarre. Ils devraient être contents d'avoir des élèves tranquilles. Moi, quand j'étais petite... Est-ce que je dois aller la voir ?

– Non, ce n'est pas la peine. Comme je ne parle pas à son cours, elle doit imaginer que je suis renfermé.

– C'est comme cette maîtresse, tu te souviens, qui m'avait convoquée après le test du docteur. J'avais eu peur.

– Du psychologue.

– Oui… Tu es sûr que je ne dois pas y aller ? Je ne la connais pas. Je ne sais pas parler aux professeurs.

– N'y va pas, maman, ça n'a aucune importance. Je vais t'aider à écrire un mot où tu lui expliqueras que tu es très occupée.

– Tu crois, tu me jures ?

– Croix de boix, croix de fer…

Jacqueline rit. Théo l'embrasse.

– Théo, tu sortiras, ce soir ?

Théo répond qu'il n'en sait rien, mais que de toute manière, elle ne doit pas s'inquiéter et qu'il est grand maintenant. Et pour le lui prouver, il la soulève dans ses bras et la fait tourner. Elle rit encore mais soudain, elle reprend son visage sérieux.

Jean va bientôt rentrer.

Théo sait qu'elle ne dira rien. Elle a toujours été sa meilleure complice.

– Tu veux que je t'aide à mettre la table, maman ?

– Non, tu ne sais pas. Va te reposer un peu.

7

Théo s'est réveillé très tôt, il a avalé un café et très vite il a quitté l'appartement après avoir prévenu sa mère qu'il partait faire une balade à Paris mais qu'il rentrerait pour le dîner. Elle n'a rien dit. Elle a l'habitude qu'il s'absente le mercredi.

Dans le train, il a posé le sac de Mme Daume sur ses genoux. Il n'est pas certain que Mathieu l'ait dénoncé. Mathieu ne peut pas faire quelque chose d'aussi lamentable. Et pourtant n'était-il pas au dernier anniversaire où Théo a été invité, en compagnie d'abrutis ? Ne faisait-il pas semblant de se saouler pour avoir l'air d'un homme ? À treize ans ! C'était minable.

Mais il est possible aussi que personne ne l'ait dénoncé. Peut-être que Mme Daume l'a vu. Elle a fait exprès de poser son sac, de s'éloigner avec la mère et le petit garçon. Elle a dû jubiler quand elle a constaté que le sac n'était plus là.

Elle sait et maintenant elle le guette. Elle attend qu'il vienne implorer son pardon, lui expliquer son acte. Enfin elle a trouvé une raison d'avoir avec lui un rapport privilégié et de le pousser à des confidences.

Théo n'expliquera rien.

Il va aller à Paris, chez elle, et il remettra le sac dans la boîte aux lettres ou sous le paillasson. Il ne va sûrement pas se lancer dans une longue explication. Il n'a pas volé le sac. Il a seulement cédé à la curiosité. Non, même pas. Ce sac, il s'en fout. C'était seulement un défi. Une expérience parmi d'autres.

Le contrôleur est près de lui.

– Ça fait trois fois que je te demande ton billet. Tu dors les yeux ouverts ?

– Ça m'arrive, oui.

Théo lui tend son billet. Le contrôleur hausse les épaules et s'éloigne.

Théo ramasse le sac qui avait glissé et le range à l'intérieur de son blouson. C'est le mouvement qu'il a fait quand il l'a pris. Il n'aurait pas dû. Il avait la paix. C'était une paix nécessaire pour protéger Billie. Il ne pourra plus éviter les interrogatoires. Ils finiront par savoir qu'il rejoint Billie toutes les nuits.

Déjà cette lettre de Mme Daume à sa mère, cette lettre ignoble... Juste quelques petits mots pour semer le trouble.

Jamais il ne pardonnera à ce professeur d'avoir essayé de blesser sa mère qui a peur si facilement : des colères froides de Jean, de la nuit, et des mots surtout. Déjà « taciturne » et « éclipses » ont provoqué sa panique. Mme Daume, la si sympathique Mme Daume, lui aurait expliqué que son fils est « névrosé », qu'il a un comportement « pathologique », qu'il faut l'envoyer d'urgence chez un « psychiatre ». Elle ne reconnaîtrait plus « son » Théo et le perdrait d'un coup, à cause du pouvoir d'un professeur. Elle aurait à subir la colère de Jean qui la rendrait coupable de tout. Elle souffrirait, alors que Théo fait tout pour qu'elle ne souffre pas de son éloignement. Même s'il disparaît chaque jour un peu plus, elle peut croire que c'est une fatalité, qu'il grandit, qu'il devient un homme.

Lorsque son père disparaît, parce que quelque chose ne lui plaît pas ou qu'il a simplement envie d'aller faire un tour dehors, elle ne proteste pas. «Les hommes, c'est comme ça.»

Par la fenêtre du train, Théo distingue des immeubles gris, de vieux immeubles comme il les aime, comme celui qu'ils habitaient à Cormeilles, avant l'incendie.

Le train est arrivé gare Saint-Lazare.

La rue Michel-Lecomte est dans le 3e arrondissement. Il pourrait facilement y aller en bus ou en métro mais il préfère marcher. Il s'installe un moment sur les marches de la gare et il écrit sur un cahier :

«Mettre un terme à l'expérience. La paix ! La paix ! Même mes rêves ne me laissent plus tranquille. Les rêves, c'est terrible. Ils viennent en douce vous rappeler ce que l'on s'acharne à oublier. Qu'on me fiche la paix. Et qu'on me laisse Billie. Seulement Billie, moi, une autoroute, et nous décollerons haut, très haut. Autant crever comme Charles Lindbergh.»

Rue Michel-Lecomte, la porte d'entrée de l'immeuble est close. Il faut connaître le code.

Théo a guetté longtemps que quelqu'un entre ou sorte de l'immeuble. Une seule fois, un homme a composé le numéro et Théo a voulu le suivre mais l'homme a refusé.

Face à l'immeuble où habite Mme Daume, il y a un chantier. Théo traverse la rue et regarde les démolisseurs. Il s'est assis contre un mur couvert de graffitis.

Des pans de murs, couverts de papier rayé, voisinent avec d'autres, bariolés de fleurs fanées; d'autres encore, aux couleurs passées, dessinent des tableaux abstraits et rencontrent des parois brisées, éventrées, explosées. Sur ce qui subsiste d'un mur, un tableau est resté accroché: une scène d'automne. Ce sont des superpositions de vies mortes, des souvenirs empilés les uns sur les autres que les bulldozers effacent à jamais.

À Cormeilles, lorsque son immeuble a brûlé, Théo était à l'école maternelle. Sa mère n'est pas venue le chercher à quatre heures et demie, il n'a pas eu son goûter, et jusqu'à six heures passées il l'a attendue, assis sur le banc, refusant de jouer avec les autres enfants dans la cour. Lorsqu'elle est arrivée enfin, il faisait nuit. Elle pleurait. La maîtresse la consolait, comme elle le faisait avec les petits qui n'aimaient pas l'école. Les mêmes mots revenaient sans cesse : « le feu... l'immeuble... l'appartement... plus rien... deux victimes ».

Ils ont dormi chez Bernadette à Taverny, en attendant. C'était triste et il y avait du bruit. Théo n'avait pas de lit : juste un matelas trop petit posé sur le sol.

Le lendemain, il a vu l'immeuble calciné. De la fumée s'échappait encore, entraînant dans son sillage des flocons de papier.

– Ça te rend triste, Théo ? a demandé son père.

– Oui. C'est bête. J'ai même pas vu les pompiers.

Lorsque les ouvriers s'en vont en fin d'après-midi, ils ont laissé un feu où brûlent des déchets. Dans le brasier, Théo voit disparaître une chaise, un matelas, une porte, une chaussure. Un instant, il se demande s'il n'a pas trouvé la solution : il esquisse le geste de jeter dans les flammes le sac de Mme Daume mais il ne le fait pas. Il vient d'apercevoir sous un tas de planches que les flammes n'ont pas encore saisies, un ours, un petit ours bleu marine, qui porte un chandail rouge, troué. Il se brûle les doigts mais il le sauve et le blottit à l'intérieur de son blouson, tout contre lui.

Il n'a plus rien à faire ici.

Il marche en regardant les immeubles, les fenêtres, les silhouettes abritées derrière les rideaux.

Il traverse Paris et arrivé au carrefour Pleyel, il décide d'aller à Montigny à pied, en longeant l'autoroute.

Il marche d'un pas lent, tranquille. Dans sa main, il tient le petit ours bleu.

Parfois un automobiliste ralentit, croyant sans doute avoir affaire à un auto-stoppeur, puis accélère en voyant dans le rétroviseur la silhouette indifférente de Théo.

Il a rangé le petit ours dans son sac à dos et il continue d'avancer. Il essaie de deviner la vitesse des voitures qui le dépassent. Soudain, il applaudit: une moto vient de passer, une machine splendide, insolente.

Il s'est assis en tailleur et il écoute la cassette qu'il a trouvée dans le sac de Mme Daume. Il ne veut plus se laisser envahir par le bruit des moteurs. Dans sa tête résonne un morceau de jazz. Un piano, très lent, très doux, et un saxophone qui murmure, qui pleure, qui crie. Les voitures se suivent, se dépassent, ralentissent, accélèrent. Elles dansent pour lui seul. Sur le pont d'Argenteuil, il s'arrête pour regarder les usines. Des voitures, Des centaines de voitures. Des hangars qui doivent en contenir d'autres. Des cheminées qui crachent des nuages de fumée, et défient le bleu du ciel. Derrière lui, les voitures filent toujours et narguent leurs compagnes, immobiles, parquées là, dans l'attente de bondir à leur tour.

Théo reste longtemps à contempler les voitures sagement rangées, incendiées par le soleil.

Là-bas, très loin, une tache blanche fonce vers lui. Une mouette égarée.

Il fait presque nuit lorsqu'il arrive chez lui. Ils ne l'ont pas attendu pour dîner. Sa mère repasse dans la cuisine, en écoutant la radio. Dans le salon, la télé déverse son flot d'images, mais sans le son. «Il n'y a rien d'intéressant pour le moment.» Son père lui dit qu'il a l'air fatigué: «Tu n'es pas malade? On dirait que tu couves quelque chose.»

Théo a pris la décision de ne pas voir Billie avant d'avoir rendu le sac à Mme Daume. Il le fera vendredi et tout sera fini. Il a posé le petit ours bleu sur son lit.

Sa tête lui fait mal.

8

Le lendemain, Théo rentre chez lui plus tôt que prévu. Un professeur était absent.

L'appartement est vide. Sa mère doit être chez son amie Bernadette, à Taverny, comme cela arrive souvent le jeudi après-midi.

Théo retire une cassette de son sac à dos. Il n'a pas envie de l'écouter tout de suite, de vérifier ce qu'il a pu dire qu'il n'aurait pas dû dire. Parfois les mots s'échappent, se transforment et prennent un sens inattendu. Demain, lorsqu'il verra Mme Daume pour lui remettre son sac, il faudra qu'il se méfie. Il aurait été tellement plus simple qu'il le lui donne sans avoir à s'expliquer. Maintenant, c'est fichu: il faudra parler. Elle s'inquiète pour sa santé mentale. C'était à prévoir. C'est pire que tout, un professeur inquiet. Il ne se contente plus des résultats, il analyse le comportement, il s'autorise des jugements, et finit par exiger de comprendre.

Théo n'aurait quand même pas cru que Mme Daume emprunterait des chemins aussi détournés : d'abord envoyer une lettre à sa mère, maintenant le remettre entre les mains du psychologue scolaire. Car c'est elle, il n'y a pas de doute, qui a eu cette idée lumineuse.

Le matin, il n'a pas assisté au cours d'anglais. Une surveillante est entrée en classe, et elle a prononcé son nom. Tous les regards se sont tournés vers lui. Il s'est levé calmement. Il est sûr que personne n'a pu voir sa panique. Pourtant, il avait peur. Il a cru que le proviseur était au courant et peut-être la police. Ils venaient l'arrêter, pas seulement à cause du sac mais à cause de Billie. Ils ont fini par tout savoir et ils vont le renvoyer du lycée, ils vont lui enlever Billie. Il ne la verra plus. Il a serré les poings.

Mathieu le regardait avec insistance et il s'est levé un instant comme s'il voulait l'accompagner, ne pas le laisser seul, ou comme s'il était lui-même concerné par cette convocation.

Mais il ne s'agissait pas d'une convocation de la police ou du proviseur. La surveillante lui a dit, comme si c'était une chose insignifiante, que le psychologue scolaire souhaitait le rencontrer. Il a laissé échapper un soupir de soulagement.

On ne le prend pas pour un délinquant, seulement pour un jeune homme un peu perturbé. Il a pensé : « Il va quand même falloir jouer serré. »

Il avait déjà rencontré un psychologue qui l'avait soumis au test de la tache. C'était une femme en tailleur rose qui souriait sans cesse.

« Regarde bien cette tache, Théo, que vois-tu ? » Il avait répondu : « Une tache d'encre. »

« Mais encore ? » Il avait répondu : « Une tache d'encre noire. »

« Théo manque d'imagination », avait dit l'institutrice à sa mère. Il n'avait pas six ans.

Le psychologue était assis derrière un bureau et feuilletait un dossier : celui sur lequel tout est inscrit pour connaître avec certitude quelqu'un : son âge, son adresse, la profession de ses parents, les notes en maths depuis la sixième, les résultats confidentiels des tests qui permettent d'évaluer si quelqu'un est débile, moyennement intelligent ou au-dessus de la moyenne. Le psychologue devait avoir une idée précise du quotient intellectuel de

Théo : un nombre, suivi sans doute d'observations définitives.

Le psychologue lui avait souri en lui faisant part de son souhait d'avoir un entretien avec lui.

– Tu n'es pas obligé d'accepter, Théo. Je sais que tu n'aimes pas beaucoup parler.

Théo a failli en profiter pour partir. Mais il s'est dit que ce serait interprété comme un refus suspect : il valait mieux ne pas laisser prise aux fouilleurs d'âmes et leur donner quelques os à ronger.

Mais tandis que M. Jacques – c'est son nom – se préparait à l'entretien, Théo a dit brusquement :

– Vous allez prendre des notes sur tout ce que je vous dirai, n'est-ce pas ? J'ai quelque chose à vous proposer. Je ne sais pas si vous serez d'accord.

– Je t'écoute.

– Est-ce que vous acceptez que j'enregistre cet entretien ?

– Pourquoi ?

– Ça m'intéresse.

M. Jacques a hésité un moment puis il a souri.

– C'est d'accord.

Pendant qu'ils parlaient, Théo observait une boule bleue posée sur le bureau, une de ces boules de verre, qui, lorsqu'on les retourne, déversent des flocons de neige sur des petits personnages. Celle-ci contenait un père Noël sur un traîneau et des sapins.

Le dernier Noël avant l'incendie de l'immeuble, il faisait très froid. Son père avait insisté pour l'amener à la boucherie où il travaillait, quand il n'était pas encore à son compte. Les rues de Cormeilles étaient couvertes de neige et les arbres décorés de lampions et de guirlandes. Son père s'arrêtait sans cesse pour saluer les commerçants. Tout le monde le connaissait. Il avait prévenu Théo qu'une surprise l'attendait à la boucherie.

Des têtes d'animaux pendaient à des crocs. Des têtes d'agneaux, de cochons, de sangliers. Leurs narines étaient truffées de persil ou de dentelle en papier, leurs oreilles aussi. Au centre du tableau, trois marcassins étaient debout, vêtus de petits tabliers à carreaux, et se tenaient par la «main». Théo ne pouvait détacher son regard de leurs yeux vitreux et mi-clos. Et il sentait l'odeur du sang. C'était l'odeur de son père, et il la retrouvait là, amplifiée, si forte, si forte... Son père lui expliquait que c'était lui qu'on avait chargé de la décoration. «Ton père est un artiste», répétait le patron.

Le soir, sa mère lui avait demandé si la surprise lui avait plu. Il n'avait rien répondu. Mais, ce soir-là, il était resté longtemps dans son bain et il s'était savonné plusieurs fois. Lorsque sa mère était venue lui donner un baiser avant de le laisser seul dans sa chambre, il avait fermé les yeux. Il avait peur de son visage.

L'entretien a duré un peu moins d'une heure. Au moment de quitter le bureau, le psychologue a pris la boule dans ses mains puis il l'a tendue à Théo.

Elle est maintenant sur son bureau. Il la secoue et il attend que le dernier flocon soit tombé puis il recommence.

Il regarde sa montre: il est deux heures vingt. Il met la cassette dans le magnétophone.

9

– Je vous écoute, docteur.

– Je ne suis pas vraiment docteur. Tu le sais très bien, d'ailleurs. Je suis psychologue. Je t'ai demandé de venir me voir pour parler un moment avec toi. Tu peux m'appeler Jacques ou monsieur, si tu préfères.

– Comme vous voulez, docteur.

– Je vais jouer franc jeu avec toi, Théo. On m'a demandé de te voir.

– Qui ça, «on»?

– Disons... tes professeurs. Mais si tu es contre cette entrevue...

– Pas du tout. Vous m'avez convoqué. Je vous écoute. Quelles sont les charges qui sont retenues contre moi?

– Il ne s'agit pas d'un interrogatoire. Seulement d'une conversation.

– Ah bon... Excusez-moi.

– Mme… Tes professeurs s'inquiètent…

– C'est Mme Daume qui vous a parlé de moi ?

– Pas seulement Mme Daume. Pourquoi penses-tu à elle, spécialement ?

– Vous travaillez seulement dans ce lycée ?

– Non.

– Combien voyez-vous d'élèves par semaine ?

– Ça dépend.

– Oui… C'est une question de temps.

– Que veux-tu dire ?

– Au printemps, ça s'arrange.

– Quoi ?

– Le temps.

– Théo, écoute.

– Je vous écoute.

– Tu as seize ans, tu es en seconde. Tu es même plutôt en avance pour ton âge.

– Non.

– Enfin… Tes études se passent bien. Tu n'as jamais redoublé. Tu passes toujours dans la classe supérieure sans difficultés. Bons résultats aux contrôles.

– Je n'ai jamais eu d'ennuis avec les contrôleurs. J'ai toujours eu un billet que je valide avant de prendre le train. Je n'ai pas d'argent pour payer les amendes. Mes parents, non plus.

– Tu aimes les trains ?

– Pardon ?

– Je te demande si tu aimes les trains.

– Pas spécialement, et vous ?

– … Tes professeurs m'ont signalé qu'en classe, tu ne parles jamais, que tu n'as pas d'amis, que tu ne sembles pas heureux.

– Je vous parle, docteur, n'est-ce pas ? Je ne connais pas les amis de mes professeurs, et cela ne m'intéresse pas. Je ne sais pas s'ils sont heureux mais ils n'en ont pas l'air. C'est quoi, d'ailleurs, avoir l'air heureux ?

– Tu as le sens de l'humour.

– Vous reconnaîtrez que c'est d'autant plus fort qu'on vous a dit que j'étais pour ainsi dire muet… J'aime beaucoup Buster Keaton, et vous ?

– Moi aussi.

– Vous lui ressemblez.

– Moi ? On ne me l'avait encore jamais dit.

– Que voulez-vous encore savoir, docteur ?

– Tu n'aimes pas beaucoup la vie au lycée, n'est-ce pas, Théo ?

– Non. Mais croyez-vous que je sois le seul ?

– Tu n'as donc d'intérêt pour rien ?

– Ai-je dit cela ?

– Tu viens de dire que tu n'aimais pas travailler…

– Au lycée.

– Tu travailles donc, en dehors ?

– Beaucoup.

– Chez toi, à la maison ?

– Non, dehors.

– Tu travailles à quoi, par exemple ?

– J'observe le dessin que laissent l'eau et l'usure sur les vieux murs. J'assiste à la démolition des immeubles. Je me promène sur les autoroutes.

– Tu te moques de moi, Théo.

– Non, pas du tout.

– Peu importe. À quoi travailles-tu encore ? Est-ce que tu lis ?

– Oui.

– Quoi, par exemple ?

– En ce moment précis, je ne lis rien.

– Théo, s'il te plaît…

– Excusez-moi, docteur, c'était idiot. Quand je

vais rentrer chez moi, tout à l'heure, il n'est pas certain que je lise.

– Et si tu avais envie de lire, tu lirais quoi ?

– Une histoire de cafard…

– Rien d'autre ?

– Si. Les faits divers de la journée.

– Raconte-moi des faits divers qui t'ont frappé récemment.

– Un couple de retraités. Ils sont installés tranquillement dans l'appartement qu'ils ont payé à crédit une partie de leur vie. Ils somnolent sagement devant la télévision. Mais leur immeuble a pris feu. Quand ils s'en rendent compte, il est trop tard. Ils essaient de se sauver par l'escalier. Mais ils étouffent. Ils meurent asphyxiés. On retrouvera leurs corps, carbonisés. Un autre fait divers ? Un témoin dénonce quatre garçons qui ont agressé une fille de quinze ans dans une cave. Mais la fille éclate de rire. Elle était consentante. Tenez, le dernier… Une femme rentre chez elle en voiture. Elle est prise dans un embouteillage. Elle râle. Elle va sûrement être en retard, ce soir encore. Et il lui reste les courses à faire, le dîner. Sur le siège arrière, son bébé pleure. Elle s'arrête en double file, sans doute pour consoler le petit. Soudain un camion défonce sa portière, violemment. La femme est décapitée. Sa tête a rebondi sur le siège arrière, près de l'enfant.

– Tu viens d'inventer ces histoires morbides ?

– C'est la réalité, docteur. C'est vrai que ça n'est pas très drôle. Mieux vaut ne pas en parler, ne pas y penser, faire comme si ça n'existait pas.

– Théo... J'ai été content de te rencontrer. Souhaiterais-tu que nous ayons d'autres entretiens ?

La cassette s'arrête là. Théo l'a laissée défiler sans interruption. Il est étonné par les longs moments de silence entre certaines phrases. M. Jacques doit être déçu. Théo n'a rien dit. Rien. Il a bien joué. Il n'a pas laissé échapper le nom de Mathieu, de Jeanne, ni surtout celui de Billie. Il a soigneusement évité de parler de son enfance. Il sait que les psychologues raffolent des souvenirs d'enfance. Certains expliquent tout en analysant la position des astres, des planètes, des étoiles ; d'autres se penchent sur le passé lointain et s'extasient des petites bestioles nommées névroses qu'ils y découvrent.

Ce passé, Théo s'en fout. D'ailleurs, il n'en a pas. Il se souvient à peine des années où il était petit et il n'a pas une seule photo pour construire des souvenirs. Tous les albums ont brûlé dans l'incendie. C'est comme si rien n'avait existé avant ce jour-là.

Il y a longtemps, il a vu un album de photos chez Mathieu : la photo du mariage de ses parents ; Mathieu tout nu sur le ventre faisant une grimace ; Mathieu encore dans son bain, soutenu par le bras de son père. D'autres images encore : un sapin de Noël, un gâteau d'anniversaire, les premiers pas de Mathieu. Cette photo, il l'a volée. Elle est collée sur un des murs de son repaire.

Il fait défiler encore une fois la bande. Il n'est pas sûr de reconnaître sa voix : une voix grave, hésitante parfois, une voix qu'il n'aime pas.

Il aurait pu mentir, raconter n'importe quoi. Et pourtant il a dit la vérité, l'exacte vérité. Mais il sait qu'on ne l'a pas cru.

Il ouvre son cahier et il écrit : «Jeudi 27 avril. Qu'est-ce que la vérité ? Un mot. Pluriel de mot ? ... Des maux.»

10

Encore quinze minutes et la cloche va sonner.

Le cours d'histoire s'est déroulé comme d'habitude, dans l'enthousiasme. On ne s'ennuie pas avec Mme Daume. Pourtant, quelques signes montraient à l'évidence que le cours aurait un dénouement inattendu.

D'abord, Mme Daume n'a pas interrogé Théo comme elle le fait souvent pour vérifier, sans doute, qu'il écoute. Elle n'a rien dit – pas même un bravo ironique – lorsque Jeanne a répondu une ânerie à une question sur les droits de l'homme. Et puis Mathieu n'a pas «participé». Il fixait son classeur, ne prenait aucune note. Il n'écoutait rien, c'était visible; elle le savait et feignait de ne rien remarquer. Depuis plusieurs jours, d'ailleurs, Mathieu est taciturne et ne s'assoit plus à côté de Jeanne.

Théo a griffonné sur une page de son cahier de texte: «Histoire à dormir debout, histoire qui ne tient pas debout. » Mathieu n'aurait jamais dû embrasser Jeanne, comme il l'a fait. Elle aurait dû le frapper, le gifler. L'image de ce baiser, c'est la pièce maudite déposée sur le château de cartes et qui détruit la construction si patiemment élaborée. Même les nuits passées avec Billie n'ont pas réussi à effacer cette émotion qui le saisit, lorsqu'il les voit ensemble. Il faudrait seulement qu'il ne les voie plus. Il voudrait être loin de leurs petites histoires de flirts, de ruptures, qui viennent lui polluer la tête.

Il ne dira rien – ils seraient trop contents – et surtout pas maintenant qu'il est possible que Mathieu et Mme Daume soient complices. Ça, il va le savoir bientôt.

Soudain, alors qu'il reste dix minutes de cours, Mme Daume laisse planer un silence. On dirait qu'elle cherche ses mots. Elle regarde sa montre et elle ne dit toujours rien. Tous les élèves attendent. Théo a compris.

– C'est exceptionnel… mais je voudrais vous demander de sortir maintenant. Je sais qu'après ce cours vous avez un contrôle de physique très important. Mais je dois parler à l'un d'entre vous... Je vous demande d'être silencieux dans les couloirs... Théo, vous pouvez venir, s'il vous plaît ?

C'est réussi. Encore une fois, il est le pôle d'attraction. Certains le regardent comme s'ils le voyaient pour la première fois. Il entend les murmures : « Mais qu'est-ce qu'il a fait à la fin ? »

Théo range tranquillement ses affaires. Mathieu s'est approché de lui : « Je suis désolé, vieux. » Depuis qu'ils ont dix ans, Mathieu l'appelle « vieux ». Il imite son père qui désigne tous ceux qu'il aime bien par ce mot. Cela fait quatre ans que Théo ne l'a plus entendu. Sa trousse lui échappe des mains et aussitôt Jeanne se précipite pour en ramasser le contenu. Ses cheveux blonds, très longs balaient le sol. Elle lui tend la trousse. On dirait qu'elle va pleurer. Mathieu assiste à la scène. Finalement, il prend le bras de Jeanne : « Allez, viens ! »

Enfin, la classe est vide. Théo s'avance vers Mme Daume. Elle est restée assise et elle écrit sur une des pages de son petit classeur. Elle n'a pas encore levé les yeux.

Depuis le début de l'année, Mme Daume

observe Théo. Il est toujours là, seul, à la même place près de la fenêtre. Si elle pose une question, jamais il ne lève la main, mais quand elle l'interroge, elle est surprise de la précision de ses réponses.

Il ne lui manifeste aucune sympathie, aucune hostilité, non plus. Elle préférerait parfois qu'il soit hostile. Elle a osé – ce qu'elle ne fait jamais – interroger des élèves. Mathieu et Théo étaient très proches mais il y a longtemps et on ne lui connaissait plus d'amis. Par la fenêtre, elle avait vu Théo pendant les récréations, toujours seul, contre un arbre ou sur un banc, regardant fixement la façade grise du lycée, ou bien assis en tailleur, écrivant sur une feuille de classeur, un cahier, une fois même sur un paquet de cigarettes. Elle n'avait pas voulu le déranger.

Théo l'observe. Il attend qu'elle ait fini. Il ne comprend pas cette mise en scène. Veut-elle l'impressionner avec son visage sérieux, son indifférence feinte ? Espère-t-elle qu'il va nier ?

– Il m'a fallu plus de temps que je ne pensais pour lire le livre. J'ai écouté la cassette aussi. Qui joue ? Ce n'est pas Coltrane ni Charlie Parker.

C'est un saxophoniste que je n'ai jamais entendu. Il a un son particulier.

– C'est Archie Shepp au saxo et Horace Parlan au piano.

– C'est très beau. J'ai copié la cassette et je l'écoute souvent. C'est rare, une musique aussi belle. Je me suis acheté le livre aussi. Je le relirai. Certains passages où l'homme-insecte observe la pluie derrière les carreaux et d'autres où il se promène sur les murs après avoir pleuré en écoutant sa sœur jouer du violon.

– Pourquoi avez-vous volé mon sac, Théo ?

Elle a élevé la voix. Elle a le même regard fixe que sur la photo d'identité. Qu'est-ce qu'il lui a pris de parler comme ça ? Il s'est laissé aller. Les livres, la musique, Mme Daume s'en fout. C'est un professeur. Il faut lui rendre le sac. Vite.

– Je suis allé à Paris, j'ai trouvé votre immeuble mais la porte était fermée. Je n'ai pas pu vous le déposer. Je suis resté longtemps à attendre. Il y a un chantier…

– Je vous repose ma question, Théo. Pourquoi avez-vous volé mon sac ? Comprenez-vous que vous avez commis un acte répréhensible ? Avez-vous conscience des conséquences de vos actes ?

Pourquoi ? Il a envie de lui répondre : « Pour faire une expérience. J'aime bien faire des expériences. »

– Pourquoi ne m'avez-vous pas demandé de vous rendre votre sac puisque vous saviez que je l'avais ?

– Parce que j'attendais. C'était à vous, il me semble, de vous expliquer.

– Expliquer quoi ?

– Vous n'avez aucun droit de me parler sur ce ton, Théo. Je n'ai rien dit parce que visiblement...

– Je ne vais pas très bien. Voilà pourquoi vous m'avez envoyé chez ce psy, pour que je parle, que je soulage ma conscience. Il a été très bien, d'ailleurs. Il ne vous a presque pas trahie. Mais il vous a confirmé sans doute que j'étais un peu... perturbé.

Qu'elle le punisse ! Qu'elle l'envoie chez le directeur ! Qu'on en finisse ! Mais non, ce n'est pas si simple. Ils vont convoquer ses parents, faire une enquête.

– Ma mère m'a chargé de vous dire qu'elle ne pourrait pas vous voir.

– Elle sait ce que vous avez fait ?

– Non. Je vous demande, Madame Daume, de ne rien dire. J'ai votre sac. Je n'ai rien nié.

Il a une voix suppliante.

– S'il vous plaît. Je vous fais toutes mes excuses. Je n'aurais jamais dû prendre ce sac. C'était stupide.

Il lui tend le sac.

– Comment avez-vous su ? Vous m'avez vu, n'est-ce pas ?

– Non. Quelqu'un vous a vu et m'a prévenue.

– Quelqu'un que je connais bien ?

– Oui.

Mathieu ! Il le savait déjà mais il ne voulait pas l'entendre. Personne ne devait savoir qu'il avait eu pour ami un lâche.

Un lâche ! Voilà l'explication au regard de Mathieu, il a honte ! Mais pourquoi, pourquoi a-t-il fait ça ? Est-ce si important de rejoindre le camp des grands, de ceux qui savent ce qui est bien et ce qui est mal, ce qu'il faut faire et ce qu'il ne faut pas faire ? Est-ce si important de devenir complice de Mme Daume, de se rapprocher d'elle ? Lâche !

– C'était pour vous aider. Vous êtes kleptomane. Théo, vous m'écoutez ? Kleptomane.

Le mot résonne dans la salle : kleptomane. Pourquoi pas voleur ? C'est un mot qu'il préfère, un mot qui a des ailes.

– Non. Vous vous trompez. Mais ça ne fait rien. Vous ne pouvez pas comprendre.

– Et si j'avais prévenu vos parents, le proviseur ou même la police ?

Théo la regarde. Elle a le nez qui brille et des rides au coin des yeux. Elle est vieille. Elle est généreuse. Elle prend même le temps d'aider une mère de famille à trouver des petits-suisses à la cerise pour son petit garçon. Bien sûr qu'elle ne le dénoncera pas. Il hausse les épaules.

– Vous n'avez donc confiance en personne ?

– Quelqu'un que j'aimais bien m'a dénoncé. Vous connaissez quelque chose de pire que la délation ?

Le regard de Théo devient très lointain. La moitié de son visage est cachée par ses cheveux.

– Théo ? Vous avez l'air très fatigué… Vous ne voulez rien dire ? Qu'avez-vous donc de si grave à cacher ?

– La liberté d’expression, n’est-ce pas aussi le droit de ne rien dire ?

Il la regarde en souriant. Il se sent triste. Le silence, c’est plus simple. Chacun le remplit avec les mots qui lui conviennent. La cloche a sonné.

Théo est parti.

11

C'était un dimanche de novembre. Théo venait d'avoir douze ans.

Il n'aime pas ses anniversaires et il n'aime pas non plus ceux des autres. À quoi bon se rappeler le jour de sa naissance ? L'anniversaire de Théo se déroulait selon un rite établi. Jacqueline ne disait rien jusqu'au soir. Elle faisait semblant d'avoir oublié, et juste au moment où Théo devait aller se coucher, elle disait en faisant un clin d'œil à Jean : « Bon anniversaire, Théo ! » Jean disait la phrase à son tour, et ils allaient dans la chambre de Théo. Il savait qu'il trouverait sous son oreiller un cadeau.

Sa joie s'arrêtait là. Il n'avait aucune envie de savoir ce que le paquet cachait. Il aurait voulu le garder ainsi, tel quel, avec son papier spécial-cadeau et son ruban de fête. Ce n'était pas une voiture, des soldats, des Lego, un avion téléguidé :

c'était un cadeau. Et lorsque ses parents lui demandaient de l'ouvrir vite, contents et impatients pour lui, il leur en voulait. Il savait qu'il allait être déçu, que l'objet ne serait jamais à la mesure de ce qu'il promettait.

Il leur faisait une bise, malgré tout, et ils retournaient au salon souffler les bougies du gâteau au chocolat que Jacqueline avait caché dans le four ou au-dessus du frigo et qu'il avait repéré dès son retour de l'école.

Il avait douze ans. La cérémonie d'anniversaire s'était simplifiée. Il avait trouvé le soir, sous son oreiller, une enveloppe blanche contenant deux billets de cent francs et une carte : « Bon anniversaire, Théo. Baisers. Papa et maman. » Ses parents avaient jugé plus simple de le laisser s'acheter ce qu'il voulait, et ils avaient passé la consigne aux rares membres de la famille qui pouvaient se rappeler l'anniversaire de Théo. La grand-mère de Flassan et celle de Crillon, qu'il n'avait jamais vues, faisaient parfois un effort de mémoire. Cette année-là, elles s'étaient souvenues toutes les deux d'un petit-fils égaré dans la banlieue parisienne, et elles avaient glissé dans une enveloppe des cartes de vœux et des billets. La grand-mère de Flassan avait même envoyé une carte de vœux datant de l'année précédente. Théo avait ri.

Il était riche de quatre cent cinquante francs.

La semaine s'était écoulée mais il n'avait pas dépensé l'argent. Il avait regardé attentivement tous les rayons du centre commercial. Rien ne l'intéressait. Il aurait fallu qu'il puisse déambuler avec Mathieu qui aurait eu, à coup sûr, une idée géniale, qui aurait jubilé à l'idée de dépenser quatre cent cinquante francs.

Finalement, il s'était arrêté au rayon hi-fi. Il avait vu un walkman dont le son était, à en croire la notice qui l'accompagnait, exceptionnel. Il avait acheté des piles, les avait introduites dans l'appareil. Puis, il était sorti du centre en écoutant la dernière cassette que le père de Mathieu avait enregistrée pour lui : c'était Charlie Parker.

Les billets étaient restés soigneusement rangés dans la poche intérieure de son blouson.

Lorsque le dimanche est arrivé, il a regardé le ciel par la fenêtre de sa chambre, un ciel anormalement bleu pour un mois de novembre, un ciel lumineux et glacé d'hiver. Il a voulu voir Mathieu. Il fallait qu'il le voie, même s'ils n'étaient plus dans le même univers. Il lui raconterait tout : les mots qu'il écrivait sur ses cahiers, l'appareil qu'il avait volé dans le centre, la facilité avec laquelle il était sorti. Il fallait essayer. Ils étaient frères de sang, même si Mathieu ne le comprenait plus. Mathieu avait rejoint une galaxie où Théo se sentait étranger, une galaxie de questions, toujours les mêmes : la prof de maths met-elle des porte-jarretelles ? La prof de dessin aura-t-elle un chemisier transparent ?... Ces questions surgissaient aussi dans la tête de Théo, elles envahissaient ses rêves, il n'y échappait pas. Mais il luttait pour les chasser. Entendre n'importe quel crétin se vanter d'exploits absurdes, parler des seins de Jeanne comme il avait entendu Mathieu le faire, lui donnait envie de fuir ou de se battre.

C'est la mère de Mathieu qui lui a ouvert la porte. Mathieu n'était pas là. Il était chez un copain. Il ne rentrerait qu'en fin d'après-midi. Elle lui avait proposé de rester, de l'attendre. Elle avait l'air contente de le revoir. « C'est idiot qu'on ne te voie plus le dimanche. Qu'est-ce qui vous est arrivé à tous les deux ?»

Théo a préféré partir très vite. Il était presque soulagé. À quoi bon revoir Mathieu ? Pour lui rappeler qu'ils étaient frères de sang ? Mathieu s'en fichait ! Il avait grandi, il était loin de ces enfantillages. Il aimait mieux les copains, les filles et les slows.

Théo a regardé un moment l'immeuble de Mathieu. Il n'y reviendrait plus. Il avait été complètement idiot d'espérer que Mathieu et lui pourraient se comprendre.

Et pourtant, assis sur une marche, Théo attendait Mathieu. Il ne pouvait pas garder pour lui seul ce secret : il avait volé un walkman. C'était une expérience qu'il voulait lui raconter. Une expérience unique. Il ne pouvait la raconter à personne d'autre qu'à Mathieu. Il lui dirait qu'il n'avait pas eu peur, qu'il n'avait rien décidé avant d'entrer dans le centre commercial. Il avait volé mais comme si ce n'était pas tout à fait lui qui volait. Il lui dirait qu'il avait regardé l'objet, qu'il ne pouvait pas l'acheter, qu'il l'avait pris et qu'il était sorti avec la certitude que personne ne pouvait l'avoir vu. Il lui dirait qu'il est facile, très facile de devenir invisible. Il lui raconterait qu'il avait eu quatre cent cinquante francs à son anniversaire. Ils les dépenseraient ensemble. Il lui montrerait aussi sa collection de faits divers qu'il découpait dans les journaux. Ils les liraient ensemble en écoutant du jazz.

Il lui avouerait qu'il avait décidé de s'échapper de Montigny. Qu'il irait n'importe où, mais dans un endroit où la nuit ne commence pas à cinq heures.

Soudain, il a reconnu la silhouette de Mathieu. Il s'est levé pour courir vers lui et tout lui dire.

Mais Mathieu n'était pas seul. Il était avec Paul, le salaud qui l'avait traité de fils de boucher. Ils riaient tous les deux.

Il faisait nuit, il faisait froid, mais il aurait aimé une nuit plus noire, un froid plus dur et tout oublier.

Il est resté longtemps les yeux ouverts dans le silence de sa chambre. Il ne dirait rien à Mathieu.

12

Théo attend la nuit.

Depuis qu'il a rencontré Billie, il préfère l'hiver : la nuit arrive vite. À cinq heures déjà, la cité prend des allures de cambrioleur, tous se pressent de rentrer. Mais au mois de mai, ils traînent et le jour n'en finit pas de crever.

Les repas devant la télé durent plus longtemps. Jacqueline jette un regard indifférent aux vestiges du repas et il lui arrive de ne pas débarrasser avant dix heures du soir. « J'ai tout mon temps », dit-elle, comme pour s'excuser vis-à-vis d'elle-même de ne pas obéir à son désir effréné de l'ordre.

Théo fait acte de présence. Il a encore proposé à Jacqueline de l'aider à mettre la table mais elle a refusé. Il s'est alors assis à côté de Jean et ils sont restés silencieux. Il a mangé avec eux distraitement et la télévision leur a épargné les phrases inutiles. Tandis qu'il contemplait un moment le ciel, anxieux de le voir encore si clair, il a senti un regard posé sur lui : c'était celui de son père. Il semblait vouloir lui dire quelque chose mais cela n'a duré qu'une seconde. Aussitôt, Jean s'est détourné vers l'écran.

Théo attend. De temps en temps, il sourit. Enfin, il disparaît dans sa chambre pour travailler. Le repas n'aura duré que vingt minutes. Il lui reste au moins deux heures. C'est largement suffisant pour honorer les échéances inscrites sur son cahier de texte.

Théo est allongé sur son lit et il observe par la fenêtre le carré bleu du ciel. Son travail est achevé et il a le temps de relire un chapitre de Kafka en écoutant Archie Shepp. L'homme-insecte se promène sur les murs, et Théo se dit qu'entre un mur et un ciel il n'y a pas une si grande différence.

C'est un des rares avantages de la banlieue que d'habiter une tour au seizième étage. Avec un peu de chance, les fenêtres ne réfléchissent que le ciel. On peut se croire seul, dans la cabine d'un avion à la dérive. De minute en minute, le bleu s'obscurcit en des variations imperceptibles.

D'un seul coup, c'est la nuit.

Sa mère est encore dans la cuisine. Elle nettoie l'évier qui est d'un blanc parfait. Elle ne s'est pas étonnée de voir Théo à cette heure de la soirée, habillé, prêt à sortir. Elle se contente de lui sourire et de l'embrasser, en lui faisant promettre qu'il ne rentrerait pas trop tard. Il lui désigne une tasse de café pleine, posée sur la table.

– Ne bois pas trop de café, maman.

Théo a traversé la cité et marche en direction de Cormeilles. Il respire profondément la nuit. Elle est toujours belle et l'éloigne des bruits de la journée, de ce vacarme qui résonne dans sa tête : les sourires lâches de Mathieu, les regards insistants de Jeanne et toutes ces paroles qu'il regrette d'avoir prononcées.

Il arrive enfin dans ce lieu qu'il connaît depuis longtemps : un chantier à l'abandon. Trois grues jaunes, immenses insectes paralysés, implorent le ciel, une tour attend d'être achevée, et deux petits immeubles, trop vieux, trop gris, savent qu'ils seront bientôt démolis. Théo s'avance résolument vers l'un d'eux. Il se dirige vers la cave. Il possède la clé qui ouvre cette porte.

Il fait noir mais Théo trouve sur une planche au-dessus de la porte sa lampe-torche halogène. Il balaie de son faisceau lumineux le sol recouvert de petits tapis, de caisses où s'entassent des livres et tout un bric-à-brac : des cassettes, une flûte, une boîte d'aquarelles, des lunettes et des outils de toutes sortes. Les murs sont presque entièrement camouflés par des posters – Lawrence d'Arabie, James Dean, Duke Ellington, Rimbaud – des photos de Robert Doisneau qui représentent des paysages de banlieue, et de grandes feuilles blanches couvertes de l'écriture de Théo :

« N'importe qui peut mentir, dissimuler l'inavouable. L'enfance peut s'arrêter à douze ans. Les jeux des adultes sont sordides.

« Il pleuvait fort sur la grand-route, elle cheminait sans parapluie. J'en avais un, volé sans doute le matin même à un ami. »

Adulte / adultère-Lézard / lézarde-Cours / courses-Un mot / une moto-Un ménage / une ménagère-Un couple / un couplet / Un couperet.

On n'est pas sérieux quand on a dix-sept ans ?

« Des mots roses, tout roses, écrits par des moroses ; des mots rosses, très rosses, dits par des colosses. Vive le moto-cross ! »

Au-dessus du matelas qui lui sert de banquette, de bureau, mais sur lequel il ne dort jamais, il a collé une photo, celle d'un enfant qui fait ses premiers pas et une carte postale représentant l'aviateur Charles Lindbergh en 1927.

Il est debout devant un avion, un vieux coucou, vêtu d'une combinaison toute fripée qui lui donne l'air d'un mécano et qu'il porte avec une désinvolture princière. Trois poches, dont deux aux genoux, sont remplies d'objets ; une jambe du pantalon remonte et découvre une chaussette ; le bras droit pend le long du corps ; le bras gauche étreint une des pales de l'hélice de l'avion. Le visage de Lindbergh est absolument imberbe. Le regard fixe résolument l'objectif, et Théo est sûr que l'aviateur sourit.

« On dirait qu'il sait qu'il va mourir et qu'il s'en fout. »

Théo se retourne brusquement.

Dans un angle de la cave, il aperçoit Billie. Il lui sourit, s'avance vers elle et il l'étreint.

Il a eu peur soudain qu'elle ne soit plus là, mais depuis des mois, toutes les nuits, Billie l'attend.

C'est une moto : une Harley Davidson.

C'était un samedi de février, tard dans la nuit. La télévision parlait toujours et l'empêchait de dormir. Son père s'était assoupi devant l'écran ; il avait dû le réveiller et le conduire dans sa chambre.

Il s'est habillé et il est sorti sans rien dire.

C'était la première fois qu'il sortait ainsi, à l'insu de tous. Tous les immeubles dormaient, à peine éclairés de la lueur blanche des réverbères. Il s'est dirigé vers le centre commercial et il a regardé à travers les baies vitrées les rayons chargés de denrées, les Caddies sagement rangés, les caisses désertées. Puis il a couru en direction de la station d'essence, toujours éclairée la nuit. Un camion s'est arrêté, puis une voiture et encore une autre. Tapi derrière un buisson, Théo les observait. C'est alors qu'il l'a vue arriver, un point jaune dans la nuit, puis une forme de plus en plus précise, qui s'est enfin révélée dans la lumière. Elle s'est immobilisée, étincelante dans la brume blanche. Il faisait terriblement froid, mais il ne sentait rien : il la dévorait des yeux. Un air de jazz lui a traversé la tête et il l'a baptisée Billie.

Puis l'homme a démarré et ils ont disparu très vite.

Deux jours après, il l'a aperçue de nouveau. Elle était là, en plein jour, dans une allée derrière le collège, devant un pavillon croulant sous les géraniums. C'était un signe, il le savait, et son cœur battait fort.

Il s'est procuré à Paris une brochure sur les Harley Davidson. Il voulait tout connaître d'elle, et le soir il étudiait, apprenait chaque pièce, dans cette cave même qu'il avait repérée depuis longtemps, et où, le jour venu, il la cacherait.

Il a épié Billie, il l'a attendue, perdue, retrouvée.

Et puis une nuit, il l'a vue, seule, devant un café, en face de la station d'essence. Il s'est approché. Il était devenu invisible. La clé était là, pour lui. Il a posé la main sur Billie et ils se sont enfuis.

Il a volé sur l'autoroute, ivre de l'air glacé,

avalant les images qui fonçaient sur lui au son des bruits de la machine mêlés à ses éclats de rire, fou de sentir qu'ils s'étaient compris, qu'elle lui obéissait.

Billie est à lui. C'est sa plus belle expérience.

13

Mathieu en a assez.

Il faut mettre un terme à ces discussions interminables avec Jeanne à propos de Théo, en finir avec cette impression de subir des interrogatoires. Il a compris que Jeanne ne s'intéresse à lui que pour atteindre Théo. Même ce baiser dans le centre commercial devait être calculé. Il la sait capable des pires manigances, prête à tout pour toucher Théo, pour comprendre ce lien qui le rend proche de Théo, malgré tout. Que sait-il de Théo ? Presque rien, rien qui puisse se dire. Il ne sait même pas s'ils sont fâchés, et pourtant ils ne se parlent plus. N'est-ce pas le signe qu'ils sont fâchés ? Mais Théo n'a même pas prononcé cette phrase.

Mme Daume aussi l'a harcelé, et Théo a été convoqué deux fois. Il a voulu lui dire qu'il était de son côté, mais il n'a pas pu. Qu'est-ce qu'elles lui veulent ? C'est quoi, cette manie qu'elles ont toutes de vouloir tout comprendre ? Mme Daume aussi. Il n'aurait pas cru ça d'elle. Si elles comptent sur lui pour leur donner la solution de l'énigme, elles se trompent. Il leur accorde que Théo va mal, c'est tout.

– Théo déraille complètement, c'est clair.

Mathieu regarde Jeanne. Elle est jolie. Terriblement jolie. Allongée sur le lit de Mathieu, les mains derrière la tête, elle fixe le plafond et fronce les sourcils.

Théo l'intrigue. À l'école primaire déjà, il était bizarre. Elle avait souvent surpris son regard posé sur elle, mais il baissait les yeux aussitôt et il rougissait comme une fille. Il ne lui adressait jamais la parole, il ne parlait qu'à Mathieu. Il n'avait pas d'amoureuse et il avait l'air idiot parfois à force de ne rien dire. Très bon élève, mais idiot.

Aujourd'hui, c'est elle qui le regarde. Elle sait qu'elle est, et de loin, la plus jolie fille du lycée. Mais Théo traverse les groupes d'élèves sans la voir. Elle espère un regard de lui, une parole, mais rien. Parfois, elle se hasarde à lui dire bonjour, à lui demander comment il va. Il lui répond par un sourire fatigué et il se détourne. Elle regarde s'éloigner ses yeux d'un bleu si étrange, ses cheveux longs, son grand corps maigre. Elle n'est pas toujours sûre qu'il soit beau. Mathieu est beau, sans aucun doute, mais Théo, c'est autre chose.

– Jeanne, tu m'écoutes ? À quoi tu penses ?

– Je viens d'avoir une idée.

– Ça ne m'étonne pas. Tu as toujours des idées.

– Je crois que Théo...

– J'en ai marre de passer mon temps avec toi à parler de Théo ! Tu ne peux pas le laisser tranquille cinq minutes ?

– Écoute. Je crois que j'ai trouvé. Il doit être homosexuel.

– Théo ? Mais tu es malade ! Tu ne sais vraiment plus quoi inventer ! Pourquoi tu dis ça ? Tu trouves qu'il a l'air efféminé peut-être ?

– Non. Mais ça ne veut rien dire.

– Ah bon ? On peut savoir quel est ton indice ?

– Il ne s'intéresse pas aux filles. Il les évite. Il ne les aime pas.

– Bravo ! Quand un mec vous drague, vous prenez des airs dégoûtés, vous l'envoyez balader, mais quand il ne s'intéresse pas à vous, alors là, attention, le verdict tombe : homo ! Comme ça, pas de problème, c'est simple. Et si Théo était compliqué, juste un peu compliqué ? Vous croyez avoir le monopole de la complication ?

– Il ne parle jamais.

– Théo est très bavard au contraire, mais il ne parle… il parle… quand il a quelque chose à dire… à quelqu'un.

– En tout cas, ce quelqu'un, ce n'est pas toi. Il vit peut-être un amour secret, interdit.

– Tu m'énerves à la fin ! Fous-lui la paix ! Tu n'as pas le droit ! Je ne sais même pas pourquoi je te parle encore après ce que tu as fait.

– Mais calme-toi, Mathieu. J'essaie seulement de comprendre.

– Comprendre ? Tu appelles ça comprendre ? Tu lui colles une étiquette sur le dos, parce que ça t'arrange. Ça t'explique pourquoi il ne t'a jamais invitée à écouter un disque chez lui, comme je le fais depuis des semaines, comme d'autres l'ont fait avant moi.

– Qu'est-ce que tu veux dire ? Que je me laisse avoir par n'importe qui ?

– Si Théo t'invitait, tu ne dirais pas oui ? Et s'il avait envie de t'embrasser, tu ne te laisserais pas faire ?

– J'ai horreur des jaloux. Tu n'as pas le droit de dire ça.

– Réponds à mes questions.

– Peut-être.

– Peut-être ? Tu parles ! C'est sûr. Tu dirais oui, mais pas au nom de l'amour ou de je ne sais quoi. Tu dirais oui, pour pouvoir ensuite raconter à tes copines que toi, Théo, tu l'as eu. Que personne n'a plus la moindre relation avec lui, mais que toi, Jeanne, tu as réussi. Tu aurais l'impression d'être exceptionnelle.

– C'est toi qui déraillles, Mathieu, parce que tu es jaloux et triste. Parce que Théo était ton meilleur copain et que tu l'as perdu. Il t'a trahi.

– C'est toi qui parles de trahison, Jeanne ?

– ...

– Tu ne dis plus rien ?

– Si on allait se balader au bord de la Seine ? On étouffe dans ta chambre.

Ils sont allés du côté de Conflans-Sainte-Honorine. Ils ont posé la Mobylette de Mathieu contre un arbre. Mathieu craint les voleurs.

Ils regardent la nuit tomber et les péniches passer. Ils ne disent plus rien mais le silence est plus pesant que les mots. Jeanne s'est allongée et elle fixe le ciel devenu noir.

Mathieu a envie de l'embrasser. Doucement, il s'approche de son visage, qu'il prend dans ses mains. Elle ne bouge pas. Ses yeux restent ouverts et son regard est vide. Elle ne répond pas à son baiser. Soudain, un bruit de moteur la fait sursauter. Elle repousse Mathieu. Mais plus elle se débat, plus il la serre fort contre lui. Elle voit un visage, là-bas, derrière les arbres. Des yeux qui la fixent, qu'elle croit reconnaître.

Mathieu l'a lâchée. Elle s'est sauvée.

Il reste seul. Il enfouit sa tête dans ses genoux. Il aimerait pleurer.

14

Jean a fini son repas. Il a écarté la chaise de la table et il regarde Théo qui n'a pas touché à son assiette malgré les prières de Jacqueline. Jean n'a rien dit mais il ne supporte pas qu'elle s'adresse à Théo comme s'il avait cinq ans. Il est humilié pour lui. À sa place, il aurait repoussé l'assiette et il serait parti en claquant la porte. Mais Théo ne claque jamais la porte.

Théo est sur le canapé et il a demandé à sa mère une couverture qu'elle lui a aussitôt apportée.

– Tu as de la fièvre, Théo ! Tu as fini par attraper froid, j'en étais sûre ! Tu es sûr que tu ne veux rien manger ? Je vais te préparer une tisane. Ça devait arriver, tu ne te couvres jamais assez…

– Laisse-le tranquille. Arrête de t'agiter. Il est un peu fatigué, c'est tout.

C'est Jean qui a parlé sans le regarder, en écartant fermement Jacqueline.

Ils ont d'abord éteint la télévision puis ils l'ont rallumée, mais il entend à peine le son. Il fait chaud, mais Théo sent l'air passer à travers la fenêtre. Il ferme les yeux.

C'était elle.

Il ne l'a pas reconnue tout de suite. Il avait l'intention de s'arrêter avec Billie sur les bords de la Seine, à Conflans. Il aime bien voir les péniches, surtout la nuit, quand elles sont à peine éclairées, qu'un homme fume à l'avant sa dernière cigarette, le dos tourné au linge qui sèche sous la brise, et qu'elles mettent du temps à disparaître, longues maisons à la dérive.

Sur les bords de la Seine, il a vu le couple: la fille semblait endormie, ses cheveux blonds, très longs, étalés derrière sa tête; le garçon, accoudé, la regardait.

Il a ralenti aussitôt et Billie s'est glissée le plus doucement possible derrière un arbre. Mais la fille a tourné la tête dans leur direction.

Le couple est resté ainsi, immobile, jusqu'à ce que le garçon se penche sur elle comme au ralenti. Elle l'a repoussé, elle s'est débattue.

Son père le regarde et le secoue légèrement.

– Théo, tu devrais peut-être te mettre au lit. Ça ira beaucoup mieux demain, tu verras. Tu dois dormir.

Il aide Théo à se lever et l'entraîne jusqu'à son lit, lui demande s'il n'a besoin de rien.

– Ça va aller, papa. Eteins la lumière. Merci.

Dans son lit, son pied heurte une petite boule de fourrure.

C'est le petit ours bleu, il a perdu son chandail rouge. Il le lui remettra demain.

Au moment où le garçon l'a lâchée, elle a regardé vers lui. C'était Jeanne et elle l'a vu.

Le garçon est resté seul, le dos voûté, la tête enfouie dans les genoux.

Lorsque son copain d'enfance perdait à un jeu, même un jeu sans importance, il ne protestait pas mais il allait s'asseoir dans un coin et restait prostré dans cette position boudeuse qui marquait son refus de la défaite. C'était Mathieu.

Théo a eu envie de courir vers lui, comme autrefois, de lui faire oublier sa colère. Ils auraient ri ensemble et il lui aurait tout raconté : Mme Daume, le psychologue, Charles Lindbergh, les promenades sur les autoroutes, Franz Kafka, sa rencontre avec Billie.

Pendant un moment, adossé contre cet arbre, Théo a oublié que Mathieu était celui qui embrassait Jeanne, celui qui connaissait Paul, celui qui l'avait donné à Mme Daume. Un traître. Un salaud.

Théo transpire. Il écarte les mèches de cheveux qui le gênent, repousse la couverture.

Comment avait-il pu oublier que Mathieu l'avait trahi ? Pourquoi avait-il ressenti cet élan vers lui, ce désir d'effacer d'un seul coup ce désert entre eux ? Mathieu ressemble trop à un adulte, il ne renoncera pas, il cherchera à comprendre. Il le guette comme tous les autres. Il n'est plus le Mathieu d'autrefois. Il peut lui ressembler, retrouver les gestes que Théo connaît mais il a trahi.

Il ne faut rien dire à Mathieu. Il a tout abîmé. L'oreiller est brûlant. Théo le retourne. Il a du mal à respirer. Jeanne l'a vu. Ce matin, elle l'a regardé avec un sourire de connivence, un sourire qu'il aurait tellement aimé voir quand il avait neuf ans, et qu'il était amoureux d'elle.

Jeanne avait une longue tresse blonde et elle jouait aux billes. Il avait écrit son prénom à l'intérieur de sa trousse mais en caractères si petits que personne n'aurait pu le deviner. Pour elle, il grimpait à toute allure la corde à nœuds, pour elle, il était premier partout, même en dessin. Mais elle, était amoureuse de Paul, un garçon bavard, bagarreur, musclé, sportif, un monstre. Une fois seulement, il avait osé prendre la main de Jeanne avant de monter en classe. Il tremblait si fort que sa main a lâché celle de Jeanne. Elle ne s'en était pas aperçue. Il a souffert en silence et il aimait cette souffrance. Il regrette même de l'avoir perdue. Il ne se réveille plus le matin en pensant qu'il la verra, il ne rêve plus qu'elle va lui faire comprendre d'un regard qu'elle partage son sentiment.

Il faudra bien qu'il parle à Jeanne. Elle a peut-être vu Billie. Ce serait terrible. Il devra se trouver face à elle, affronter les yeux noirs et les cheveux blonds, les jambes immenses et fines.

Jeanne et Mathieu les poursuivent. Ils courent derrière Théo et Billie. Il passe une vitesse, une autre, mais Billie n'avance plus et ils vont les rattraper. Soudain, Théo perd le contrôle de la machine. Elle rugit, elle bondit, elle fonce. Il se retourne, Mathieu et Jeanne sont loin, mais il est éjecté et il se voit dans le ciel. Il s'envole et Billie se fracasse contre un arbre.

Jean est entré dans la chambre de Théo qui dort en chien de fusil. Il le couvre et le borde, il ramasse les vêtements qui traînent par terre et les dépose au pied du lit. Puis il retourne se coucher.

15

Jean a entendu Théo se lever et partir pour le lycée malgré sa fièvre de la veille. Jacqueline aurait voulu qu'il reste à la maison mais il n'a pas répondu à la phrase de sa mère : « Tu n'es pas raisonnable. »

Est-ce que Théo est raisonnable ? Sûrement pas et tant mieux. Jean se rase et pense à son fils. Il n'y pense pas aussi souvent qu'il le voudrait. Il n'a plus le temps, surtout depuis qu'il est à son compte. Il lui arrive de regretter le temps de Cormeilles où il était un simple employé, où il avait encore le temps de construire des maquettes et d'amener Jacqueline et Théo faire une balade au bord de la Seine. Mais il n'aurait pas pu à l'époque s'acheter un appartement. Et maintenant, à force de sacrifices, ils étaient presque propriétaires. Encore cinq ans et l'appartement leur appartiendrait. Il pourrait plus tard le transmettre à son fils. C'était une des idées fixes de sa jeunesse : se marier, devenir patron, propriétaire et avoir un fils, un seul.

Dès qu'il pense à Théo, il est inquiet, et plus encore ces derniers mois. Il sait que Théo lui cache quelque chose, qu'il est malheureux. Il aimerait l'aider mais il ne sait pas comment lui parler. Il a peur de le gêner. Il se sent intimidé par son fils. Il a l'impression qu'il ne le connaît pas.

L'image de Théo lui apparaît souvent comme celle d'un étranger dont il reconnaîtrait pourtant quelques signes familiers. Par exemple, Théo a une façon de se passer la main sur les cheveux et de les rejeter en arrière. Il a aussi ce geste et son père l'avait aussi.

Jacqueline dit qu'il a ses yeux. « Théo, c'est tout son père ! » C'est vrai qu'ils ont la même forme et le même bleu. Mais Théo a des yeux doux et tristes, et Jean ne comprend pas la raison de cette tristesse. Quand il avait seize ans, comme son fils aujourd'hui, et qu'il vivait encore en Provence, il avait de bonnes raisons d'être malheureux.

Il habitait une maison avec huit frères et sœurs

et des parents qui passaient le peu de temps qu'il leur restait en dehors du travail exigé par les vignes, les animaux et les champs, à faire retentir la maison de leurs disputes incessantes, à ressasser de sombres histoires de dots, d'héritages, de lopins de terre dont chacun revendiquait la propriété et qu'ils n'auraient vendus pour rien au monde. Jean ne pensait qu'à éviter ces cris où se mêlaient ceux de ses frères et sœurs qui avaient toujours leur mot à dire. Il était le plus jeune, né sans doute par hasard, et il n'aurait droit à rien. Très tôt, il avait fui la maison. Il courait les filles avec succès. À vingt ans, il aurait dû épouser une femme plus âgée que lui, très éprise de ses yeux bleus, mais surtout très riche. Son père avait exigé d'être obéi et il avait conclu le mariage sans avertir son fils. Jean n'avait rien voulu savoir. Il y avait eu des cris, des coups, des larmes. Il n'avait pas cédé. Il avait préféré Jacqueline qui était pauvre, moins jolie que d'autres. Il l'avait épousée parce qu'elle était timide, malheureuse et qu'elle l'admirait. Les parents de Jean n'étaient pas venus au mariage. Ses frères et sœurs non plus. On le leur avait interdit et ils avaient obéi.

Jacqueline l'avait suivi dans son exode. Elle avait accepté de partager la vie à laquelle il aspirait : avoir son entreprise à lui, un seul enfant pour le préserver de l'horreur du partage et ne jamais élever la voix. Cette paix, il l'avait construite. Tout s'était réalisé selon ses vœux.

Pourtant Théo n'est pas heureux. Il est intelligent, il fait des études, il sort quand il veut, il a un foyer tranquille, mais quelque chose ne va pas. Hier encore, il n'a pas dîné, il avait de la fièvre et il souffrait, et il n'a rien dit. Jacqueline non plus ne sait rien.

Depuis longtemps, Théo lui échappe.

Il avait essayé de l'intéresser à ses maquettes de voiture, au fonctionnement des moteurs. C'est son seul regret : ne pas avoir eu un garage. Il était devenu boucher parce qu'une occasion s'était présentée et qu'il fallait bien gagner sa vie. Mais il aimait les voitures, les motos que son père lui avait toujours refusées. Il aurait voulu transmettre à son fils sa passion de la mécanique. Il s'imaginait avec lui, montant et démontant des moteurs, parlant un langage connu d'eux seuls. Théo l'avait regardé faire, il restait silencieux et n'écoutait rien. Jean avait renoncé à construire des maquettes.

Il avait aussi essayé de le faire rire, d'aller au cinéma avec lui voir des films comiques. Mais Théo ne riait pas. Quand il lui avait montré les décorations de Noël, qu'il avait préparées tout un dimanche pour la boucherie du patron et seulement pour faire plaisir à son fils, Théo avait failli pleurer.

Un dimanche, Théo avait quatre ans, Jean était resté seul avec lui. Jacqueline avait dû subitement partir voir son père qui avait eu une crise cardiaque.

Ce dimanche-là, Jean avait rendez-vous. La caissière s'était entichée de lui et menaçait d'un scandale s'il ne lui accordait pas un rendez-vous à Conflans, sur les bords de la Seine. C'était ridicule. Il la trouvait jolie, elle l'avait compris et elle s'était inventé une histoire sentimentale dont il ne savait comment se défaire. La jeune femme ressemblait beaucoup à celle qu'il aurait pu épouser et il se félicitait de l'enfer auquel il avait échappé. Mais il avait fini par céder à son chantage, de peur qu'elle n'envoie une lettre stupide à Jacqueline. Jean avait dit à Théo de regarder les péniches en lui expliquant qu'il avait un rendez-vous très important avec un client et qu'il reviendrait vite le chercher.

Plus d'une heure après, Jean avait retrouvé Théo exactement là où il l'avait laissé.

Sur le chemin du retour, Jean cherchait comment rompre le silence et finalement, il avait dit :

– Tu diras à maman qu'on est allés voir les péniches, hein, Théo ?

– Oui, papa.

Jean lui avait payé une glace et il avait demandé à la vendeuse d'en préparer une spéciale, à trois boules. Théo n'avait pas pu la finir.

Théo n'avait rien vu, rien entendu. Il ne s'était rien passé. Mais certains jours, comme ce mardi matin, Jean ne peut s'empêcher de revoir cette image : le ciel est presque blanc, la Seine est verte comme les arbres ; Théo a quatre ans, il porte un polo blanc et un short rouge ; il est tout seul, face à la Seine, et sa tête ne suit pas le mouvement des péniches qui passent.

Il sait que Théo s'enfuit la nuit comme lui s'enfuyait autrefois, mais il avait une bonne raison de fuir la maison. Il espère que Théo va rejoindre une fille, mais il sent que ce n'est pas la raison des yeux cernés de Théo, de sa fièvre, de ses regards absents. Jean ne veut pas en parler avec Jacqueline. Il ne veut pas qu'il y ait de drame. Il ne supporte pas les drames.

Jean a fait un mouvement brusque. Il s'est coupé et il recouvre la plaie de son doigt pour empêcher le sang de couler et de salir la chemise blanche que Jacqueline lui a donnée ce matin. Il a trouvé l'alcool et un sparadrap dont il découpe soigneusement un petit carré.

Peut-être qu'il pourrait proposer à Théo de faire des maquettes. Peut-être qu'aujourd'hui Théo voudrait bien.

Il se souvient de ce dimanche tout gris où Théo, brusquement, a reparlé des maquettes. Jean a horreur du dimanche. Il ne se sent jamais aussi fatigué que ce jour-là. Il avait répondu n'importe quoi à Théo et il avait eu tort.

Il passe sa main sur ses cheveux et il dégage son front.

Il sourit au miroir : c'est le geste de Théo.

16

Théo n'a pas voulu inviter Jeanne chez lui. Il ne lui viendrait jamais à l'idée d'inviter une fille dans l'appartement de ses parents, même en leur absence. Il a préféré donner rendez-vous à Jeanne, à Conflans, le dimanche suivant, exactement où il l'a vue en compagnie de Mathieu. Elle n'a pas eu l'air étonnée et elle a souri. Ils ont discuté brièvement de l'heure. Théo aurait préféré le soir, mais Jeanne a insisté pour l'après-midi. Théo a cédé.

Jeanne attend depuis plus d'une heure. Théo n'est pas en retard. C'est elle qui est en avance. Après avoir hésité un bon moment et procédé à divers essayages, elle s'est décidée pour un jean délavé, une chemise d'homme blanche qu'elle a empruntée à son père et des baskets noires. Pas de maquillage. Elle a juste pris soin de brosser ses cheveux.

Elle élabore un scénario puis un autre. Elle en arrive toujours à la même scène. Théo s'approche d'elle, l'embrasse et le baiser est interminable. Après, elle ne sait plus.

Théo la regarde serrer ses bras contre elle. Le mime de cette étreinte lui est destiné. Il n'a plus qu'à s'approcher et à la serrer dans ses bras. Elle serait contente, elle serait aimée, adorée de lui. Et après ? Elle n'a même pas besoin qu'il soit là, son fantôme lui suffit, le fantôme d'un Théo normal et amoureux. Lui aussi, pendant longtemps, il a vécu avec le fantôme de Jeanne.

Elle entend la voix de Théo et se retourne brusquement, desserrant son étreinte. Il est juste derrière elle. Il sourit.

– Salut, Jeanne.

Elle a envie de s'enfuir, mais il vient s'asseoir près d'elle, comme si de rien n'était, et il lui prend la main. Il regarde la Seine et il ne dit plus rien.

Elle rompt le silence en évoquant cette nuit où leurs regards se sont croisés. Elle accumule les explications. C'est Mathieu qui a proposé cette balade. C'est Mathieu qui a insisté, qui a voulu l'embrasser. Elle ne voulait pas. Jamais elle ne lui aurait permis. Elle ne s'est pas laissé faire. Mathieu est un bon copain, c'est tout.

Théo l'écoute. Mathieu devient un garçon ordinaire, un voyou. Il aurait pris prétexte de la nuit pour se jeter sur elle. Théo ne dit pas à Jeanne qu'il les a vus dans le centre commercial et que ce jour-là Mathieu la faisait rire. Plus elle parle, plus l'image de Mathieu immobile, dans sa position boudeuse, se précise. Jeanne ne connaît rien à Mathieu. Il ne peut pas être ce pantin ridicule, pas lui, son frère de sang. Jeanne ment ou ce sont les mots qui disent toujours des mensonges. Il voudrait qu'elle se taise. Si seulement elle pouvait se taire, se contenter de lui laisser sa main, de regarder la Seine et tous les mouvements du soleil dans les arbres, d'écouter le froissement des feuilles, l'arrivée d'une péniche encore invisible, il lui raconterait peut-être un jour que tous les soirs, pendant des années, il s'est endormi avec la petite fille à la natte blonde et aux yeux noirs. Il connaît chaque ligne de son visage, les expressions multiples qui le traversent. Il la connaît mieux qu'elle ne se connaîtra jamais.

Jeanne ne sait plus quoi dire. Théo lui serre la

main, il la regarde parfois mais comme s'il ne comprenait pas ce qu'elle disait. Mathieu doit avoïr raison : Théo déraille complètement. Après un moment de silence, elle murmure :

– Tu m'aimes bien, Théo ? Pourquoi tu ne dis rien ?

Théo a sursauté. Il la dévisage si violemment qu'elle ne peut soutenir son regard bleu.

Elle tremble et elle a peur qu'il ne devine son tremblement. Il est beau avec ses yeux cernés. Il ne ressemble pas aux autres. Elle aimerait qu'il la prenne dans ses bras. Il va le faire sûrement et elle ne tremblera plus.

Soudain, Théo comprend cet élan de Mathieu envers Jeanne. Elle est tellement belle que l'on pourrait croire qu'il y a une beauté encore plus grande derrière ce visage. Mais elle veut qu'il parle d'abord. Elle a peur du silence. Elle croit que les mots seront moins durs. Elle croit qu'elle pourra comprendre.

– Crois-tu, Jeanne, que tu me comprendrais mieux si je te disais ce que je pense, ce qui me traverse la tête, là, maintenant ?

– Oui, Théo, dis-moi.

– Tu es sûre que tu veux tenter cette expérience ?

– Oui, je t'écoute, vas-y. Tu peux me dire.

Théo reste encore un moment silencieux. Puis il lui prend les deux mains.

– Accepterais-tu de partir avec moi, de me suivre ?

– Où ça ?

– Peu importe où, ce n'est pas ce que je te demande.

– Tu serres mes mains trop fort, Théo, tu me fais mal.

– De quoi as-tu peur ?

– Mais on a seize ans, Théo, de quoi vivrait-on ?

– Ce n'est pas ce que je voulais dire. De quoi vis-tu maintenant ?

– Mes études…

– Qu'est-ce que tu apprends ?

– Mes parents…

– Ils continueraient à vivre, tu leur écrirais, tu leur enverrais des cartes postales. Mais ce n'est pas ce que je voulais dire.

– Qu'est-ce que tu veux dire ? Je ne comprends pas.

Non, elle ne comprend pas et pourtant il veut continuer, même si par défi, par rage, elle risque d'aller tout raconter aux autres. Ils le prendront pour un fou, ou ils riront. Les rires ne lui font plus peur. Ça lui est égal après tout. Jeanne veut jouer aux adultes, elle va comprendre que les adultes aiment les jeux de massacre.

– Tu as peur, Jeanne. Tu as déjà peur. Tu auras toujours peur.

– Mais non, pas du tout. Pourquoi tu dis ça ?

– Qu'est-ce que tu risques ? Le temps perdu ? Tous les jours, tu le perds. Un peu plus, un peu moins, qu'est-ce que ça change ? Si au moins il y avait une perspective, croire à la révolution, bâtir un monde différent, mais c'est fini le temps de Robespierre, il n'y a rien, absolument rien. Tout le monde s'en fout. Dans dix ans, dans quinze ans, tu auras épousé Mathieu ou quelqu'un d'autre, n'importe lequel, par résignation, par peur de la solitude, parce qu'il faut bien faire comme tout le monde, ou mieux encore, parce qu'il faut croire que les histoires d'amour existent, et tu te cramponneras à la tienne, sauvagement. Puis, sans t'en apercevoir, tu glisseras. Tu verras, tu trouveras la chute facile. Regarde-toi, Jeanne. Tu vois là-bas, c'est ta maison. Tu as les cheveux défaits, les yeux cernés, un pull taché et il est déjà huit heures du soir. Ton mari va rentrer d'un moment à l'autre, et même si tu as travaillé autant que lui, il va te réclamer son dîner. C'est d'abord pour ce dîner que les hommes se marient. Ils ne supportent pas de manger seuls. Vite, tu cours mettre la table. Tu te sens fatiguée et coupable, parce que tu n'as pas prévu que ton petit salé aux lentilles mettrait autant de temps à cuire. Quand il arrive, comme tu aimes de moins en moins ce tête-à-tête, que tu connais par cœur, tu regarderas le programme de télé. Un film, n'importe lequel, pour qu'entre vous les mots deviennent inutiles. Il est dix heures et demie, vous allez vous coucher. Tu as une crampe d'estomac que tu t'empresses de mettre sur le compte d'une mauvaise digestion. Il te caresse les cheveux, il va vouloir faire l'amour. C'est son droit. Tu n'oses pas lui dire non. Tu te laisses faire, sans l'aider, sans le repousser non plus. Et puis, ça n'est pas si désagréable. Maintenant, écoute : il ronfle. Et toi, Jeanne, tu regardes le plafond noir. Qui sait? Peut-être que tu murmures mon nom avant de t'endormir.

Théo a du mal à respirer. Il a parlé en regardant droit devant lui un point invisible. Ses mains sont vides. Jeanne serre ses genoux contre elle. Elle murmure sans lever la tête:

– Tu es horrible, Théo. Tu es fou, complètement fou. Tu devrais te faire soigner.

– Pardonne-moi, Jeanne, je ne voulais pas te faire de peine. Je ne sais pas... Je n'ai plus l'habitude de parler autant à voix haute. Mais c'est toi qui me l'as demandé. Je n'ai pas triché. Je t'ai dit ce qui me passait par la tête. Je n'aurais pas dû t'écouter. Tu vois, il vaut mieux que je me taise.

Théo s'est levé. Il a un vertige.

– Attends, Théo... l'autre soir, tu étais seul?

– Non.

– C'était qui? Ou plutôt, c'était quoi? J'ai cru entendre le bruit...

– C'était quelqu'un qui n'a pas des yeux aussi noirs que les tiens.

Jeanne n'a pas bougé. Elle écoute le pas de Théo qui s'éloigne. Elle attend le silence. Elle enlace ses jambes et pose sa tête sur ses genoux.

Au moment de se lever, elle se tourne vers la place vide de Théo. Assis, un petit ours bleu nuit en peluche la regarde.

Théo s'arrête pour boire un café, juste en face de la station d'essence, l'endroit où il a vu Billie seule, cette nuit où il a décidé qu'elle lui appartiendrait.

C'est la première fois qu'il franchit le seuil de ce café dont il ne connaît que l'aspect extérieur et les lumières blanches qui laissent apparaître les silhouettes d'hommes, la nuit. Théo s'installe à une table. Au comptoir, le patron discute avec deux hommes. Ils ne consomment rien. Ils attendent que le dimanche s'écoule.

Le patron jette un coup d'œil en direction de Théo mais ne bouge pas. Théo lui demande un café double et il entend le patron dire à voix haute, tout en essuyant une tasse :

– Ça ne consomme jamais rien, ces jeunes.

Théo est tellement fatigué qu'il a l'impression qu'il pourrait s'endormir là, sur la table.

17

Cette fois, c'est décidé.

Mathieu regarde son bol, rempli de café presque à ras bord. Il l'a sucré à cinq reprises. Il tourne la cuillère et on n'entend plus dans la cuisine que ce bruit métallique. L'appartement est désert. Une feuille de classeur est collée sur le frigo par un aimant représentant une rondelle de tomate: MATHIEU, PUISQUE TU VAS AU LYCÉE À DIX HEURES ESSAIE DE PENSER À ARROSER LES PLANTES - MAMAN.

De la fenêtre, Mathieu aperçoit la tour où habite Théo.

Cette tour lui paraissait si lointaine, lorsque, enfant, il allait rejoindre Théo pour jouer, avec lui, «en bas». Il lui fallait traverser la cité, puis la nationale, très dangereuse, et encore un labyrinthe d'immeubles identiques. Enfin, il arrivait au pied de la tour qu'il trouvait magnifique et qui ressemblait à un gratte-ciel d'Amérique. Il enviait

Théo d'habiter la tour neuve et il trouvait minable son petit immeuble de cinq étages. Si Théo n'était pas encore au rendez-vous, il devait prendre l'ascenseur tout seul et il avait peur de rester coincé entre les étages. Il avait honte d'avouer à Théo qu'il préférait monter à pied et il s'obligeait à s'enfermer dans la cabine et à appuyer sur le bouton 16. Il chantait «Le pont de la rivière Kwaï», que son père chantait tous les matins en prenant sa douche.

Théo n'avait jamais peur. Il aimait jouer avec l'ascenseur, monter, descendre, monter, imaginer que l'engin ne s'arrêterait pas. Il l'appelait sa cabine de pilotage, il était le commandant de bord et Mathieu son copilote, piètre copilote, qui avait fini par avouer, un jour, qu'il voulait sortir de la cabine, qu'il ne voulait plus jouer à s'envoler. Ils avaient cessé de voyager ensemble.

Maintenant Mathieu regarde la tour d'Amérique où il ne va plus jamais. Elle est là, tout près, mais c'est Théo qui est loin.

Théo n'a jamais beaucoup parlé mais il aimait jouer à toutes sortes de jeux. À huit ans, il jouait aux échecs. Il avait reçu le jeu à son anniversaire et il avait appris tout seul le déplacement des pions et les subtilités pour gagner. En vain, il avait essayé de faire partager son enthousiasme à Mathieu. Il venait jouer, le dimanche, avec son père. Il reconnaissait les musiciens de jazz et il jouait aux échecs, mais il avait compris que ça blessait Mathieu et le jeu avait cessé.

Il jouait à la guerre aussi. Il disait qu'à la guerre, ce qui compte, c'est la stratégie. Mathieu ne connaissait pas ce mot. Théo le lui a appris comme plein d'autres qu'il était le seul à connaître et qui avaient une orthographe à vous filer des cauchemars : cacochyme, mythomane, ecchymose, fallacieux, kyrielle... Il prononçait ces mots comme des formules magiques.

Jouer à la guerre avec Théo ne signifiait pas courir munis d'armes imaginaires, guetter les ennemis, leur tendre des embuscades, mimer toutes sortes de bruits effrayants : rafales de mitraillettes, crépitements d'obus – puis tomber raides morts et ressusciter. Théo se contentait de déplier d'immenses feuilles blanches, sur lesquelles il avait dessiné des plaines, des montagnes, des cercles-villages d'Indiens, des carrés-troupes de soldats américains. Il fallait déterminer le nombre de croix correspondant aux nombres de combattants et inventer des stratégies qui devaient assurer la victoire : attendre le jour ? la nuit ? Encercler ? Attaquer de front ? Feindre une tactique pour tromper l'ennemi ?

Même la guerre, avec Théo, devenait un jeu silencieux. Parfois d'autres enfants venaient se joindre à eux, mais très vite, ils se lassaient. Ils ne comprenaient pas ces jeux de Théo qu'ils n'avaient pas tardé à qualifier de débiles, où l'on pouvait rester des heures immobile. Il arrivait à Mathieu d'aller rejoindre ses camarades, et de se mêler à des jeux de garçon, où il faut courir, se battre, transpirer, et hurler victoire. Théo le regardait mais ne participait pas. Il n'était pas fâché.

Lorsque Mathieu venait le rejoindre, tout rouge, le pantalon déchiré ou, mieux encore, couvert de terre, parce qu'il avait fallu ramper jusqu'au campement ennemi, Théo lui souriait en haussant les épaules.

Un jour, ils avaient dix ans, Théo avait proposé

qu'un pacte soit scellé entre eux. C'était l'hiver et à cinq heures, il faisait déjà nuit.

Mathieu avait suivi Théo dans la haute tour grise illuminée. Ils s'étaient enfermés dans la chambre de Théo, une chambre tapissée d'un papier à fleurs jaunes et vertes que Théo détestait. Ils ne disaient rien.

Mathieu s'était assis sur le lit et il attendait. Il avait peur parce qu'il savait que Théo n'avait pas peur, qu'il était prêt à tout.

Théo avait trempé un petit canif dans l'alcool et il s'était tailladé le bras. Il avait tendu le canif à Mathieu qui, en fermant les yeux avait fait le même geste, en appuyant fort sur la lame, pour avoir mal. Puis, ils avaient mêlé leur sang et ils avaient murmuré les phrases qui disaient qu'ils étaient frères pour la vie.

Ils sont restés silencieux longtemps et Théo continuait à saigner très fort. Le sang ne coagulait pas mais il n'y prêtait pas attention. Cela devait faire partie du jeu.

Finalement, Mathieu avait dû partir. Avant son départ, Théo lui avait fait cadeau d'un livre. C'était *Vol de nuit*, de Saint-Exupéry. Mathieu aurait voulu offrir quelque chose mais il n'avait rien.

Jamais, par la suite, ils n'avaient évoqué ce moment. Jamais Mathieu n'avait trahi ce secret entre lui et Théo. Jeanne pouvait le harceler, il ne dirait jamais rien.

Pourtant aujourd'hui, il a l'impression que c'est à partir de ce moment que Théo et lui se sont séparés, comme si Théo lui avait donné un code mais si difficile d'accès que Mathieu n'avait aucune chance de le comprendre. Et Théo n'avait rien fait pour l'aider.

Au collège, le fossé s'était agrandi. Parfois, il croisait le regard de Théo en classe ou dans les couloirs. Théo lui souriait comme on sourit à une vieille connaissance, un sourire qui disait : « Je ne t'en veux pas. » Mais de quoi donc aurait-il pu lui en vouloir ? Qu'est-ce qu'il lui avait fait ? Pourquoi ne venait-il plus jamais passer les dimanches chez lui, à écouter du jazz ? Pourquoi n'avait-il pas fumé avec lui sa première cigarette ? Il avait essayé de l'approcher à nouveau. Il l'avait invité à l'anniversaire de ses treize ans. Ses parents avaient accepté de lui laisser l'appartement.

Mathieu avait tout préparé. Ce serait une vraie fête, avec lumières tamisées et musique à se faire péter les tympans.

Théo était venu. C'était invraisemblable, mais il était venu et il lui avait même apporté un cadeau : une vieille ceinture en cuir avec une boucle en argent, qu'il avait trouvée aux Puces. Mathieu avait espéré la venue de Théo et en même temps il regrettait son geste. Il aurait donné n'importe quoi pour qu'il ne soit pas là, au milieu de tous les copains qui, au moment précis où Théo franchissait le seuil du salon, faisaient les idiots et hurlaient : « Frère Jacques, Frère Jacques... »

Mathieu avait bu pour se donner une contenance, oublier la présence silencieuse de Théo, le mettre à distance. Certains couples s'étaient formés à l'initiative de Paul, un vieux copain de la primaire que Théo avait dérouillé un jour, pour une raison que Mathieu a oubliée. Les filles gloussaient mais les garçons encore plus. Jeanne dansait avec Paul. Est-ce à ce moment-là que Théo a eu un malaise ? Il était parti sans lui dire au revoir. Mathieu s'était senti hors jeu.

Mais cette fois, il est bien décidé à briser le silence. Théo a des ennuis, il a été convoqué par Mme Daume, par le psychologue, et il n'a pas le droit de ne rien lui dire, de faire comme s'ils n'avaient jamais joué à la guerre ensemble. Il prendra le chemin du lycée, comme d'habitude, mais il arrivera un peu en avance. Il ne laissera pas Théo filer dans les couloirs. Il l'obligera à l'écouter. Il faudra bien qu'il entende ce qu'il a à lui dire. Pas question de se laisser avoir par le sourire de Théo. Et s'il refuse de l'écouter, de lui répondre, il lui cassera la gueule.

Une bonne dérouillée. Il ne l'aura pas volée.

Neuf heures vingt. Pas le temps d'arroser les plantes.

18

Devant la grille d'entrée du lycée, Théo attend. Ses cheveux tombent en désordre sur son visage très pâle, des cernes creusent une ombre sous ses yeux. On jurerait qu'il n'a pas dormi depuis plusieurs nuits.

Tandis qu'il va à sa rencontre, Mathieu sent qu'il n'y a plus aucune place en lui pour la rancune. Ses questions lui semblent soudain si dérisoires devant cette silhouette, longue, maigre, isolée de tous. Il voudrait seulement courir vers lui et lui dire que, malgré tout, il est son meilleur ami. Mais il ne peut pas, ce serait ridicule, Théo ne comprendrait pas.

Théo lève le bras dans sa direction et lui fait signe de le suivre. Il n'a rien dit, il ne l'a même pas salué.

Ils s'éloignent à contre-courant des élèves qui s'engouffrent dans le bâtiment. Les cours se dérouleront sans eux, aujourd'hui.

Théo a entraîné Mathieu dans un café d'Argenteuil qu'aucun lycéen ne songerait à fréquenter. Il n'y a même pas un flipper. Au comptoir, deux hommes d'un certain âge, des retraités ou des chômeurs, avalent déjà un blanc sec. Au fond de la salle obscure, une vieille femme est assise devant une grande tasse vide et les restes d'un croissant. Elle marmonne des phrases, compréhensibles d'elle seule, qu'elle ponctue de gestes saccadés.

Une serveuse passe de table en table, un chiffon humide à la main.

Théo ne dit rien et il semble avoir oublié la présence de Mathieu. Il contemple un poster, placé à sa gauche, qui représente un paysage d'automne : une double rangée d'arbres jaunes et roux laissent découvrir une trouée de ciel bleu.

Soudain, Théo se tourne vers Mathieu :

– J'ai vu Jeanne, hier. Elle ne t'a rien dit ?

– Non.

Mathieu n'ose pas aller plus loin. Il regarde à son tour le paysage qui lui aurait paru lugubre à tout autre moment mais dont la laideur même lui semble prendre, à ce moment-là, une dimension inhabituelle. Il s'est levé ce matin avec la ferme intention de parler à Théo et il n'a plus envie de lui parler. Il y a dans cette situation – Théo et lui séchant les cours pour se retrouver tous les deux dans ce café sordide – quelque chose de si extraordinaire que c'en est presque douloureux. Il se contente d'accompagner Théo dans son silence et il n'a pas peur. C'est comme un nouveau jeu dont il se prépare peu à peu à découvrir les règles.

La serveuse elle-même, une fille très jeune, mais déjà fanée, semble complice. On dirait qu'elle sait. Elle regarde Théo et elle apporte deux cafés noirs sans que rien ne lui ait été demandé.

Théo parle sans regarder Mathieu.

Autrefois, ça le mettait en rage, cette manière de Théo de parler ou d'agir comme si son meilleur ami comptait pour du beurre. C'est toujours Théo qui décidait des jeux, toujours Théo qui avait raison, et Mathieu ne discutait pas. Mais Théo lui a appris des mots, des jeux connus d'eux seuls, ils ont échangé leur sang, et Théo l'a invité à sécher les cours, pour venir boire un café avec lui.

– J'ai vu Jeanne. J'ai eu une discussion avec elle. Non. Pas une discussion… J'étais seul… Elle est venue me déranger avec son visage clair. Elle est venue tout bouleverser. Moi, je n'avais rien demandé. Je voulais la paix, seulement la paix. Qu'on me foute la paix. Rien d'autre. Je lui ai donné l'ours, le petit ours bleu, celui que j'ai sauvé des flammes…

Brutalement il regarde Mathieu :

– Tu aimes Jeanne, Mathieu ? Réponds-moi.

C'est si inattendu que Mathieu met du temps à répondre. À un autre que Théo, il aurait dit oui, sans hésiter. Cela fait des mois qu'il pense à Jeanne. C'est pour elle qu'il a demandé une Mobylette à son anniversaire, pour elle encore qu'il s'est ruiné en achetant tous les disques qu'elle aime.

Pourtant, il répond :

– Non. Je ne l'aime pas.

– Non ? Qu'est-ce que tu faisais alors avec elle, à Conflans, samedi dernier ?

Théo a une voix différente, celle d'un garçon en colère, jaloux. C'est la première fois que Mathieu entend cette voix.

– Elle me plaît, depuis longtemps. Elle me plaisait, c'est tout.

– Tu t'amusais, c'est ça ?

– Ce n'est pas grave. Les histoires d'amour finissent toujours mal, en général.

Mathieu espérait un sourire de Théo mais celui-ci s'est détourné encore une fois vers le paysage d'automne. Il a l'air épuisé. Il dit d'une voix basse :

– Elles commencent rarement bien, les histoires d'amour... Drôles de jeux que tu as acceptés...

– Je ne sais pas de quoi tu parles.

Théo le dévisage violemment mais Mathieu soutient son regard.

– Qu'est-ce que tu racontes ?

– Rien... J'ai cru... Pendant des années j'ai cru...

Théo s'est levé brusquement et se dirige vers le comptoir. Il murmure quelque chose à la serveuse qui ne répond rien et se contente de hausser les épaules.

Il revient à sa place et demande à Mathieu, comme si c'était une question capitale :

– Est-ce que tu crois que deux droites parallèles ne se rejoignent jamais ?

– C'est un axiome qui n'a jamais été démontré mais j'espère qu'elles se rejoignent.

La réponse a l'air d'étonner Théo.

Le silence s'est installé de nouveau. La serveuse en profite pour s'avancer vers eux. Elle retire les tasses vides, passe son chiffon humide sur la table qui devient collante, puis elle s'éloigne en traînant et elle revient avec deux autres cafés.

– Tu dois avoir raison. Il faudrait espérer... Mais en attendant, tu joues, tu t'amuses à rompre avec une fille, comme tu l'as fait l'année dernière, de rompre avec Jeanne, comme tu le feras demain... Moi, je n'aime pas ce genre d'olympiades, de sport, de parties de chasse. Je pleure d'avance la kyrielle de mes veuves.

Mathieu sourit, mais Théo éclate de rire. Tous les regardent, mais très vite il redevient grave, alors que le rire n'a pas quitté ses yeux.

– Tu n'aurais pas dû avec Jeanne... Même si je me suis trompé sur ce dimanche de novembre, ça ne change rien. Tu n'aurais pas dû, puisque tu ne l'aimais pas, puisqu'elle était une parmi d'autres.

– Pourquoi ? Tôt ou tard, j'aurais réussi. Je ne suis ni le premier ni le dernier. Ce soir-là, elle était mal lunée, c'est tout. Elle aurait fini par dire oui, et nous aurions été fous l'un de l'autre. Maintenant, c'est trop tard. De toute façon, à cause de toi, c'était foutu. Mais si tu n'avais pas été là à jouer l'énigmatique, je l'aurais eue.

Théo ne répond pas. Il est en train de déchirer le ticket de caisse que la serveuse a posé sur la table. Il regarde Mathieu. Il n'y a aucune trace de colère dans ses yeux, mais Mathieu a peur d'avoir été trop loin, de l'avoir blessé sans le vouloir. Il ne veut pas le perdre encore une fois.

– Il n'y a aucune raison que Jeanne t'ait bouleversé, Théo. Aucune. Tu peux me croire... Je suis content d'être avec toi dans ce café minable. Ce matin, j'avais décidé de te casser la gueule.

– Tu n'aurais pas réussi. J'avais moi aussi une bonne raison de réduire la tienne en bouillie. Je me serais servi de ma colère pour te démolir.

– Tu pratiques toujours la statégie, vieux cacochyme ?

Ces mots font rire Théo, un rire triste.

– Jeanne ne vaut pas la peine qu'on se bousille tous les deux. Tu ne me crois pas ?

– Non.

– Tu as tort.

C'est Mathieu qui reste silencieux.

– Vas-y, Mathieu, dis ce que tu as à dire. Je peux tout encaisser. J'ai un gilet pare-balles.

– C'est elle qui t'a donné à Daume. Elle t'a vu au centre quand tu... Elle l'a prévenue tout de suite. Je n'ai su qu'après qu'elles avaient monté le coup du psy. Je savais qu'elles seraient déçues, que tu ne te laisserais pas faire. J'aurais dû te parler, Théo. J'ai voulu le faire, plusieurs fois, mais je t'en voulais. Tu ne me disais plus rien. Depuis ce jour de mes treize ans, je ne pouvais plus... Jeanne ne m'a pas parlé de votre discussion mais je la connais bien. Elle mijoterait un nouveau coup pour ton bien que ça ne m'étonnerait pas. C'est une fille qui a de la ressource. Elle n'est pas méchante mais elle veut te comprendre, t'avoir. Mme Daume m'a déçue. Elle m'a convoqué aussi, et elle m'a cuisiné. Je lui ai seulement dit que tu aimais jouer à la guerre avec des feuilles de papier... Théo! Théo! Tu m'écoutes? Théo! Qu'est-ce que tu as?

Théo est livide.

Il tient la table à deux mains et il oscille

comme s'il allait tomber d'un moment à l'autre. Il dit non avec la tête.

– Je croyais que c'était toi... Je croyais que c'était toi...

– Moi ? Tu as pu croire ça ? Moi ? Ton frère ?

Mathieu tend son bras à Théo. Au-dessus du coude, une légère cicatrice est visible.

Ils n'échangent plus un mot. Théo se tient la tête dans les mains. Ses yeux brillent. Mathieu ne veut pas croire que Théo pleure. La serveuse s'est approchée d'eux. Une fois encore, elle accomplit les mêmes gestes. Elle nettoie la table puis elle se tient immobile, derrière Théo, attendant un signe de lui qui ne vient pas. Elle s'éloigne.

Mathieu boit son café froid et amer. Il attend lui aussi un signe de Théo. Il attendra le temps qu'il faudra. Théo l'a pris pour un traître, un salaud et il devrait lui en vouloir, quitter ce café et ne jamais plus lui adresser la parole de sa vie. Mais il ne quittera pas Théo, pas maintenant. Mathieu se sent heureux comme il ne l'a pas été depuis longtemps.

Il laisse Théo à son silence, à ses chagrins. Parfois des mots s'échappent et Mathieu ne cherche pas à les comprendre. Mais la voix de Théo se brise.

– Des simulacres... des mensonges... Je me suis trompé... Fausse route... Retour à la case départ... Je suis fou... Jeanne va parler... Elle sait tout... Elle l'a vue... Billie !... Billie !

Il a crié le mot si fort qu'il résonne dans le bar. Un homme au comptoir s'est retourné. La serveuse regarde anxieusement Mathieu qui lui fait signe de les laisser. Il secoue doucement Théo qui ne réagit pas.

La crise est passée. Théo pousse un long soupir, regarde Mathieu et lui sourit.

– Ça n'a plus d'importance, maintenant, Mathieu. C'est comme si elle n'existait plus. Mais je ne les laisserai pas entrer dans notre repaire, fouiller, détruire, et puis la prendre, la réduire à une machine, à un tas de ferraille. Ne m'interromps pas. Je te dois bien ça. Un soir dans la rue, il faisait chaud, je crois qu'il faisait chaud, j'ai volé une moto... Je l'ai volée. Je ne suis pas kleptomane. C'était un vol prémédité. On avait laissé la clé. Elle était belle, tu verras, tu comprendras. Cela faisait plusieurs jours que je la guettais et elle était là, près de moi, pour moi. Je l'ai mise en route et nous avons décollé. Mieux que l'ascenseur, tu te souviens ? Il faisait frais et je me sentais léger, tellement léger. Je l'ai cachée dans la cave d'un immeuble abandonné. La nuit, j'allais la rejoindre. J'ai tout appris sur elle. Tout. Les machines ne sont pas compliquées. Il suffit d'être patient mais elles ne mentent jamais. Je l'ai soignée aussi... J'ai appris à reconnaître chaque bruit. Elle a une musique bien à elle. Je la connais par cœur. Et même après nos virées, quand je la nettoyais, quand j'étais couvert de poussière et de cambouis, tout me paraissait si simple. Billie. C'est le nom que je lui ai donné. Mais maintenant, c'est fini, ils finiront par la trouver. Jeanne l'a vue. Elle parlera. Je ne les laisserai pas. Personne ne la verra, ne me l'enlèvera. Je n'ai pas d'autre solution. Il faut que je la tue. Je dois la tuer. Tu m'aideras, Mathieu.

Théo s'est levé. Il n'attend pas la réponse de Mathieu. Il fouille dans sa poche et il jette un billet froissé sur la table. Mathieu l'a laissé s'en aller.

Lorsque la serveuse s'approche, il lui tend le billet qui a une odeur d'essence.

19

Mardi matin, Théo vole haut dans le ciel et il a salué une mouette égarée qui volait comme lui, au-dessus de l'autoroute. Il regarde une moto sans conducteur foncer à toute allure droit devant elle, puis l'autoroute devient une berge de la Seine et la moto se précipite dans l'eau. Il sent que ses ailes ne répondent plus et il tombe, il ne peut résister à la sensation de la chute, et il essaie de se retenir de toutes ses forces aux parois d'un ascenseur détraqué.

Un visage est collé au sien, des lunettes aux verres épais, des yeux dilatés.

Il a reconnu la voix du professeur de biologie.

– Vous dormiez, Théo, vous dormiez. Cela ne vous ressemble pas. À ce rythme-là, mon ami, je ne sais pas comment vous allez soutenir la cadence infernale de la première S. Une promenade de santé, la seconde, à côté de la première S. Et pourtant vous êtes un sujet de valeur, si *vous* n'y arrivez pas, alors… Mais vous devez être malade. Il faut réagir, mon ami, vous faire soigner, que diable ! À votre âge, ce ne doit pas être si grave…

Théo aime bien le professeur de biologie, sa voix cassée, ses éternels costumes gris, ses cheveux blancs, ses yeux indéchiffrables abrités derrière ses lunettes, sa sévérité légendaire. Il ne fait rien d'autre qu'enseigner. Lorsque le cours s'achève, il s'en va. Les élèves ne l'intéressent pas. Il ne veut rien savoir d'eux, sauf lorsqu'ils sont en face de lui, quelques heures par mois.

À lui il est facile de dire :

– Je ne me sens pas bien, monsieur.

– Allez vous reposer à l'infirmerie ou demandez à rentrer chez vous. C'est ce que vous avez de mieux à faire. Vous rattraperez ce cours facilement. Rien de bien compliqué dans ce cours. Quelqu'un veut-il accompagner Théo ? Souhaitez-vous être accompagné ?

Théo cherche Mathieu du regard. Il est à ses côtés. Ils sortent.

Théo est allongé sur son lit. Mathieu lui a préparé un café et il s'en est versé une tasse. La chambre n'a pas changé, et les fleurs du papier mural sont toujours jaunes et vertes mais un peu fanées.

– Tu veux autre chose, Théo ?

– Tu viendras avec moi, cette nuit.

– Tu es sûr que tu ne veux pas attendre un autre jour ?

– Non. Mercredi, nous pourrons nous reposer. Nous en aurons besoin.

Qu'est-ce que je peux faire ? Tu veux que je te laisse maintenant ?

Théo lui désigne son bureau d'un signe de la tête puis il lui demande de chercher dans le tiroir central, tout au fond, un vieux classeur de maths. Mathieu y découvre un petit cahier, un cahier ordinaire, un cahier de brouillon. Mathieu le reconnaît. Il a vu parfois Théo le sortir de son cartable et griffonner pendant certains cours, le plus souvent les jours de contrôle où Théo finit avant les autres.

– C'est ça que tu cherches ?

– Oui. Il faudra le détruire. Mais je voudrais que tu lises les dernières pages. Seulement les dernières pages. Je ne voudrais pas les avoir écrites pour personne ou pour une machine. C'est de la folie. Je suis fatigüé d'être fou.

Mathieu s'installe contre le lit de Théo. Il lui tourne le dos. Des pages du cahier sont déchirées, d'autres, illisibles.

Il arrive aux dernières pages.

« Lundi nuit. Fin mai. Nous ferons ce soir notre dernière balade ensemble. J'ai tout faux. Zéro. Nul. Je me suis trompé sur Mathieu. Pauvre crétin que je suis qui crois avoir tout compris, prêt à condamner tous ceux qui portent le masque de la capitulation, qui ont rangé depuis longtemps tous leurs rêves dans des placards. Je me suis peut-être aussi trompé sur mon père et c'est peut-être trop tard, je ne pourrai plus lui parler. Malgré tout, j'avais excepté Jeanne. Magnifique ! Contresens, barbarisme ou néologisme ? La petite fille blonde que j'avais adorée est devenue une adolescente ordinaire, qui a un corps splendide et qui le sait et qui attend qu'on le lui dise. Mathieu a raison et je ne comprends plus rien. Je dois te tuer. Tu me manqueras. J'ai peur de mourir… »

Les cinq lignes qui suivent sont illisibles, écrites par la main d'un homme ivre.

Le texte reprend à la page suivante.

«Ils ne savent pas le plaisir de nos déambulations dans la nuit noire de cette banlieue froide et vide, devenue belle pour nous. Ils ne savent pas que toi seule tu m'as donné le droit à des vitesses vertigineuses, à des rêves plus réels que leurs visages de fantômes. Tu te souviens quand, sur l'autoroute de Pontoise, nous avons traversé les chemins déserts du Kenya ? Nous avons vu tous les animaux de l'Afrique. Tu te souviens quand, le long de la Seine, nous avons roulé sur ces plages infinies et blanches ? J'ai encore les éclaboussures de la mer sur ma peau. Toi seule, tu as réussi à me faire regarder avec passion ces immeubles de béton. Toi seule, tu as eu le pouvoir de les métamorphoser en gratte-ciel, sculptures géantes et lumineuses de Manhattan. Nous ne nous enfuirons pas ensemble dans un pays délimité par des frontières et repérable sur des cartes de géographie. Nous ne verrons plus ensemble les orages et les éclairs qui rendent la nuit blanche. C'est fini. Tu as servi tous mes songes, Billie. Si tu as été un mirage, tu as été aussi mon impossible désenchantement. Je te dois cet hommage, hommage funèbre. Je ne garderai pas de toi des rêves mais des souvenirs vivants. Toi absente, Billie, c'est cela que je garderai : des souvenirs que j'aurai volés. »

Tout le reste est barré soigneusement avec un gros feutre noir indélébile qui forme des bandes régulières sur le papier.

Mathieu a laissé tomber le cahier. Il dit à voix haute :

– Je t'aiderai, vieux. Je ne savais pas.

Mais Théo ne répond pas. Il dort.

20

Dans la nuit de mardi à mercredi, à Montigny-lès-Cormeilles, deux adolescents se retrouvent en bas d'une tour. Il est deux heures. Ils ne parlent pas et ils s'éloignent d'un pas rapide. Ils traversent la cité des Bleuets, puis la nationale. L'un d'eux s'immobilise un moment et regarde, en direction du centre commercial, le café qui fait face à la station d'essence. Ils arrivent enfin près d'un chantier où deux immeubles sont à l'abandon.

Théo a ouvert la porte de la cave. Il éclaire de sa lampe-torche halogène les caisses où s'entassent les objets, les murs où des affiches commencent à se décoller. Mathieu regarde, il veut tout voir. Il demande à Théo comment il s'est procuré la banquette, le magnétophone, les cassettes, les livres. Théo raconte l'histoire de chaque objet. Il n'a plus rien à cacher.

– J'avais un petit ours bleu aussi. Je l'ai donné à Jeanne. Elle l'a probablement jeté.

Enfin Théo éclaire la moto que Mathieu n'a pas encore vue et qui est protégée par un drap.

– Vas-y. À toi l'honneur.

Dans cette cave, la Harley Davidson étincelante semble un mirage.

– Elle est belle, n'est-ce pas ? C'est Billie.

Mathieu s'approche tout doucement d'elle, comme il le ferait d'un cadeau impossible à obtenir et qui serait pourtant là, à portée de sa main. Il imagine Théo, la nuit, au volant de Billie, et cette image ne le surprend pas. Il faut être Théo pour avoir osé voler une telle machine, disparaître avec elle la nuit, la dérober aux regards de tous et décider aujourd'hui de la détruire. Seul Théo est capable d'une telle stratégie. Il l'envie.

– Tu vois tous ces outils ? C'est pour elle. C'est mon père qui m'a appris comment est fait un moteur, comment changer des bougies, des plaques de frein. Il ne sait pas combien ses leçons m'ont servi. Je te montrerai tout à l'heure chacune des pièces qui la composent. Elle n'est pas seulement belle à regarder, elle est belle dedans. Elle est parfaite.

Théo tremble mais il sourit. Il a l'air heureux même s'il ne retient pas ses larmes. Il regarde la moto et il ne dit plus rien. Son visage est traversé de souvenirs qui n'appartiennent qu'à lui seul. Mathieu se souvient des phrases du cahier.

Théo se lève, met une cassette dans le magnétophone. Le son est très bas mais on entend un saxo et un piano qui jouent.

– Tu reconnais ?

– Non. Je suis toujours aussi nul, moins qu'avant quand même. Je me suis entraîné.

– C'est Archie Shepp et Horace Parlan. Je dois cette musique à Mme Daume. Merci, Mme Daume. Il faudra que je te raconte ça aussi, un jour. Ça s'appelle : *Trouble in mind.* Ça me va bien. Il faudra que je fasse connaître cette merveille à ton père. Ce n'est pas possible d'aimer le saxo et d'ignorer Shepp. Tu entends comme il caresse l'instrument, comme il l'apprivoise peu à peu, comme il souffre ?

Théo a préparé un café sur un petit réchaud à gaz. Il n'a qu'une seule tasse.

Il la tend à Mathieu.

– Et toi, tu n'en bois pas ?

– Si. Mais vas-y. Tu m'en laisseras. Je n'avais pas prévu de visiteur.

Ils partagent le café en écoutant la musique. Quand la tasse est vide, Théo fait signe à Mathieu de ne pas bouger et il se dirige vers un coin obscur de la cave. Il en rapporte deux photos.

– Celles-là, je vais les garder.

Il lui montre la photo de Charles Lindbergh et ils évoquent les souvenirs de l'ascenseur. Puis il lui montre la photo d'un bébé qui fait ses premiers pas.

– C'est toi ?

– Non ! C'est toi !

Théo raconte à Mathieu le vol de cette photo et ils rient, puis son visage devient sombre et il regarde Billie.

– Viens, c'est l'heure. Ce sera ma dernière expérience.

Ils sont arrivés sur les bords de la Seine, du côté de Conflans-Sainte-Honorine.

Patiemment, Théo démonte la machine, nomme les pièces et les jette dans l'eau noire. Mathieu écoute la voix de Théo déchirer la nuit, suivie du choc amorti de chaque pièce engloutie par l'eau, et qu'il confond avec les battements de son crâne. C'est encore un jeu que Théo a inventé et auquel il est invité.

Billie a disparu. Il ne reste plus rien. Théo regarde la place vide, l'eau grise, la place vide à nouveau. Il fait un geste pour la rappeler mais Mathieu retient son bras. Il se souvient du cahier, des «Lettres à Billie», et il le lance de toutes ses forces dans la Seine. Enfin ils jettent leurs casques et les regardent disparaître.

La surface de l'eau est redevenue lisse. Ils sont adossés contre un arbre. Il n'y a plus que le silence. Soudain Théo désigne à Mathieu une péniche qui s'avance. À l'avant, un homme seul fume une cigarette.

Ils regardent la péniche qui s'éloigne lentement.

Le jour se lève.